徳 間 文 庫

死体は眠らない

赤 川 次 郎

徳 間 書 店

目次

1　妻におやすみ

玄関のチャイムが出しぬけに鳴った。

もっとも、それは至極当然のことで、玄関のチャイムがいちいち、

「今から鳴りますよ」

と予告するはずもない。

そんなことがあったら、薄気味悪くて仕方あるまい。しかし、訪問を予期しているときならともかく、この金曜日の夜に——それも十時を回っているのだ——誰《だれ》かが訪ねて来ようなどと、一体誰が考えるだろうか？

おまけに僕はどうにも手の離せない状態にあったのだ。チャイムは、くり返し、二度、三度と鳴り続けた。

僕は放っておくことに決めた。なに、その内には諦《あきら》めて帰って行くだろう。どうせ大した用があるはずはないのだ。いや、分らないけど、緊急の用なら、やって来る前に、電話でもして来るはずだ。

僕は断固無視することに決めて、取っかかっていた仕事を続けた。しかし、チャイムを鳴らす方も、そう簡単には諦めないようで、少し間を置いては、二度、三度とチ

ャイムはけたたましく鳴るのだった。

実際、あのチャイムは人の神経を逆なでするような音を出す。僕はこの家を建てるとき、美奈子《みなこ》の選んで来たあのチャイムには反対したのだ。でも、それを聞くような美奈子ではない。

全く、こういうときに聞くと、改めてあのチャイムの音は、ヒステリーを起したときの、美奈子の声とそっくりだと思う。何とも人を苛立《いらだ》たせる音なのである。

訪問者は、しつこくチャイムを鳴らし続けた。僕は根負けした。

それに、やっと仕事も片付いたので、出てみようかという気になったのだ。

あの調子では、出るまで何時間でもチャイムを鳴らし続けるに違いない。

僕は寝室を出た。寝室は二階なので、足早に階段を降りて行く。その間にも、チャイムはしつこく鳴り続けていて、玄関に近付くにつれ、一層、その刺激的な響きを強めるのだった。

「はいはい」

僕は、インタホンのスイッチを押した。「どなたですか?」

「私よ」

人の家を訪問して、そりゃないでしょう。どんなに親しい相手だって、名前ぐらい名乗りゃいいじゃないか。名前を言うのに一分もかかるとか、でなきゃ、〈私〉っていうのが名前だとかいうなら別だが。

だが、その、チャイムの音に劣らず神経に突き刺さる如《ごと》きかん高い女の声には聞き憶《おぼ》えがあった。もっとも好きで憶えているわけじゃないが。

「住谷《すみたに》です」

さすがに失礼だと思ったのか、ご亭主の方が口を添える。

しかし、一体こんな時間に何の用だ？

僕としては、インタホンだけの応対で済ませたかったが、こんな場合でもあり、美奈子と親しい住谷夫婦と気まずくなるような真似《まね》はしたくなかった。

仕方なく、僕はサンダルをつっかけると、玄関のチェーンを外し、ドアを開けた。

「何やってたの？　散々呼んだのよ」

住谷秀子《ひでこ》は、いつもユニークな格好をしている。実際、ユニークとでも言わないと、賞《ほ》めようがないのだ。〈ユニーク〉だって、あんまり賞め言葉じゃないかもしれないが、少なくとも当人は喜ぶ。

今夜も、秀子は頭に七色のターバンの如き布を巻きつけ、見ているとと目がチカチカして来そうな原色のシャツ、入ったはいいが、一回ごとに引き裂いてるんじゃないかと思うほどピッチリしたスラックスというスタイルである。

「やあ、今晩は」

亭主の住谷がまた出来そこないのプレイボーイという男で——出来そこないでなきゃこんな女に捕まっちゃいない。

「ええと……何か？」

と、僕は極力愛想良く言った。

「あら、美奈子さんから聞いてないの？」

と、秀子がわざとらしく目を大きく見開く。

「何をですか？」

「今夜、遊びに来てくれって言われたのよ」

「美奈子がそう言ったんですか？」

全く、これだから、困っちまうんだよな！　亭主に一言の断りもなく、人を招待したりして。いや、そんなこと言っちゃいられないんだ。何とかしなくちゃ……。

「美奈子さん、いるんでしょ？」

秀子が図々しく上り込もうとする。僕はあわててその前に立ちはだかって、

「それが、美奈子、具合が悪くて寝てるんですよ」

「あら、本当？　夕方会ったときは元気だったのに」

「夕食後から、何だか熱っぽいと言い出しましてね。寝ちゃったんです」

「そりゃいけないわねえ。——ちょっと顔を見て元気付けて行こうかしら」

「いや――ありがたいんですけど、たった今眠ったところでしてね。そっとしておいてやった方がいいと思うので……」

「そう。残念ねえ。せっかく来たのに」

と、せっかく来てやったのに、という不服そうな顔を見せる。

これが病気の友だちに対する態度だろうか？　しょせん、美奈子の友人なんて、こんなものなのだ。

「病気じゃ仕方ないよ。失礼しよう」

住谷が多少常識のあることを言い出す。

「そうね……」

秀子の方は、まだ心残りの様子だったが、渋々帰りかけて、「――あんまり具合が悪いようなら、病院へ連れて行った方がいいんじゃない？」

と言い出した。

「いや、ただの風邪《かぜ》だと思いますよ」

「油断してると大変なことになるのよ。何なら、私、病院にお友だちがいるから、電話してあげようか」

自分が入院しろ！　僕は心の中で叫んだ。

「明日の様子をみてからにしますよ。ご心配かけてどうも」

「さあ、行こう」

と住谷が促すと、秀子は、まだ何か言いたげな顔で出て行った。

僕はドアを閉め、息をついて、しばらくドアにもたれて立っていた。あの二人、車で来たはずだ。車の音がしない内は安心できない。

エンジンの音が遠ざかる。――やれやれ！

僕はチェーンもしっかりかけて、家の中へ戻った。二階へ上る前に、居間へ入る。

一仕事終ったのだ。一杯やろう。

といっても、僕はまるっきりの下戸《げこ》である。美奈子はいつもそのことで僕を馬鹿にする。何しろ美奈子と住谷秀子の二人で、軽くボトルを一本あけてしまうのだ。

僕は、といえば一度何とかいうカクテルをグラスに半分飲んでひっくり返り、三日間頭痛に悩まされた。以来、どんなに美奈子に馬鹿にされようが、アルコール類は一切口にしないことにしている。

従って、僕の一杯というのは、サイフォンで淹《い》れた香ばしいコーヒーの一杯という意味なのだ。――一仕事終った後には、これくらい疲れをいやしてくれるものはない。

居間の奥には、ホームバーがあり、その隅に、いかにも肩身が狭そうに――まるで僕のようだ――サイフォンのセットが置いてある。

さて、コーヒーが入るまでの間に、多少自己紹介をしておこう。

僕の名は池沢瞳《いけざわひとみ》という。瞳――この名前で子供の頃《ころ》からずいぶんからかわれたものだ。両親が不精者で、男でも女でもつけられる名前を考えておいたのだそうだが、それにしてもいい加減な話だ。これも美奈子にとってはからかいの種になる。

「瞳ちゃん」

などと亭主のことを呼ぶのだ。もう三十代も半ばになろうという男をつかまえて、「ちゃん」もないものだ。

ところで、この家だが、なかなか立派なものである。百坪の敷地、二階建に地下室まであって、二家族、五、六人は楽々住むことができる。

もちろん、僕自身の稼ぎで、こんな家が建つはずはない。四つの会社の社長をやっていた父が、僕が結婚しても一緒に住めるようにと、ここを新築したのである。父は、新築記念に、親類や友人を呼んで開いたパーティで飲みすぎ、死んでしまった。母もそのショックで一か月後に後を追い、このだだっ広い家に僕は一人で残されることになったのだ。

そのとき、僕は二十四歳だった。

あ、コーヒーが入ったようだ。――この匂《にお》いをかぐと、体の中から、疲労が流れ出て行くような気がする。

まあ、ともかく一杯……。

うまく入った。——なかなか、こういう味にはならないものだ。やはり今日は記念すべき日なのである。

今の僕は——まあ、取り立てて言うほどのことはない。もう三十代も半ば——これはもう言ったっけ？　父の後を継いで、四つの会社の社長である。そう大会社でもないので、却《かえ》って乗っ取られることもなく、名目上の社長で、のんびりとしていられる。

はた目には、何とも優雅な生活と見えるに違いない。しかし、中途半端に僕の家庭を覗《のぞ》き見た人は、たいてい、僕が養子の身で、この家も財産もみんな美奈子のものだと思うようだ。そして、

「大変でしょうねえ」

と同情してくれる人までいる。

僕も、あえて訂正はしない。気が弱くて女房の尻《しり》に敷かれている、と馬鹿にされるよりは、同情されている方が気が楽というものだ。

さて、一杯コーヒーを飲むと、少し疲れも休まる。次なる仕事に取りかかるとしようか。

実際——と僕は、階段を上りながら考える。——社長とはいえ、めったに仕事をすることのない身にとっては、こいつは大仕事だったのだ。

いや、まだまだこれからやらなきゃならないことが山積している。でも時間はたっ

ぷりある。何しろこの家には、僕と美奈子の二人きりなのだ。

そして今日は金曜日の夜。週末の土、日曜日には掃除や料理の女も来ない。美奈子も、やらないが、それはもともとのことである。時間はたっぷりあるというものだ。

寝室のドアを、ついノックしている自分に気が付いて、僕は苦笑した。これだから美奈子に馬鹿にされるのだ。

自分の家の寝室だ。何も居候しているわけじゃない。堂々と入ればいいのだ。

ドアを開いて、中へ入った。

美奈子はベッドに横になっていた。さっき出て来たときと、少し様子が違うような気がしたが、きっと気のせいだろう。

そうそう、言い忘れていたが、僕はたった今、美奈子を殺したところなのだ。

2　死者の留守番

人を殺した後というのは、どんな気分になるものか、僕もずいぶんあれこれと想像したものだ。

大体が空想癖《へき》の強い性格で、あれこれ考えている内に、現実と空想の見分けがつかなくなることもある。

その点も美奈子とは正反対だ。美奈子は超・現実的な人間だからだ。「超現実的」ならシュールリアリズムだが彼女は「超・現実的」とした通り、まるで夢のない、徹底したリアリストだった。

美奈子を殺したら、どんな気持だろうか。ずいぶん前から、そんなことを考えていて、あれこれと空想をめぐらしていた。一度は本当に殺したような気になって、良心の呵責《かしゃく》に苦しめられ、涙を流したこともある。

そこへ美奈子が現れて、飛び上りそうになった。美奈子はわけが分らずキョトンとしていたが、全く、下手《へた》をすれば感付かれるところだったのだ。

それからは用心して、あまり空想に溺《おぼ》れることのないようにした。――しかし、もうそんな心配もしなくていい。こうして、目の前に美奈子は死んでいる。

実際に殺してみると、それは至って簡単で、ドラマチックなところなど、まるでなかった。

おのれの犯した罪の恐ろしさに、おののくとか、そんなこともまるでないし、悪魔的な高笑いをすることもない。

ただもう散文的で、呆気《あっけ》ないほど簡単なことだったのだ。美奈子は、やたら威張っていて強そうに振舞っているが、体力で争うことになれば、やっぱり男の敵じゃない。

首を絞めて殺したのだが、その絞めている最中に、玄関のチャイムが鳴った、というわけである。僕がどうにも手が離せない状況だったのは、分ってもらえるだろう。

住谷夫婦がやって来るのは、もちろん計算外の出来事だったが、殺人計画には偶発性がつきものであることぐらい、沢山推理小説を読んでいる僕は予期していた。

まあ、我ながらうまくやった。——誰もほめてくれないから、自分でほめておこう。

さて、いくら時間があるといっても、そうのんびりしちゃいられない。

明日になれば、また誰かがやって来るかもしれないのだし、今夜の内にできることはやっておいた方がいい。

僕はまず美奈子の服を脱がせにかかった。——初めて美奈子の服を脱がせたときは、興奮と感激に手が震えたものだったが、今は何の感激もない。もっとも、最初だって、美奈子の方は平気で、落ち着いたものであった。別に僕が初めての男というわけではなかったのだ。

しかし——それでも、あの頃の美奈子の体はまだ見とれるほどの魅力を具《そな》えていた。今はもう太りに太って——脱がすのも大変なくらいだ。えい、畜生。あっ、破れちまった。

自分でもどうやって脱いでいるのかね。

首を絞めるより、服を脱がす方がよほど手間取って、やっと全部脱がせてしまうと、僕はくたびれて椅子《いす》に座り込んでしまった。

大体が運動不足で、力仕事とは縁遠い生活なので、すぐに息切れしてしまうのだ。

ま、いいや。時間はある。ゆっくりやろう……。

そのとき、電話の鳴る音が、かすかに聞こえて来た。一階である。

電話は二階でも取れるのだが、切り換えボタンが下にあるので、一階まで行かなくてはならない。

やれやれ。——誰だろう？

僕はわざとゆっくり階段を降りて行った。電話が鳴りやむんじゃないかと、期待しながら、のろのろと居間へ入って行く。しかし、電話の方は、残念でした、と言いたげに鳴り続けている。

仕方なく僕は受話器を上げた。

「池沢です」

と言ったが、向うは黙っている。「——もしもし？　池沢ですが」

少し間があって、

「もしもし……」

と押し殺したような声。「瞳さん？　私、祐子《ゆうこ》です」

僕の心臓が突然プレストの速度で打ち始めた。いつもならアンダンテぐらいのものなのだが。

「やあ、君か……。よく電話してくれたね」

と、TVドラマか何かで出て来そうな、ありきたりの不自然なセリフを口にした。

「あの——奥さん、いらっしゃるんでしょう?」

祐子が、おずおずと言った。美奈子がおずおずと何かを言ったなんてことは一度もない。

「ああ——いや、今夜ね、美奈子いないんだ」

「本当?　お出かけなの?」

祐子に嘘《うそ》はつきたくないが、本当のことを言えない場合だってある。

「友だちと旅行に出ててね。日曜の夜まで帰って来ないよ」

「そう。——あなた、一人なの?」

「もちろん。君、どこから電話してるんだい?」

祐子の声が、いやに近くに聞こえることに僕はやっと気付いた。

「ドライブ・インなの。あなたの家のすぐ近くの」

「ええ?　じゃ……そこまで来てるの?」

「家を出て来ちゃったの。そっちへ行っていい?」

僕は一瞬迷った。二階には美奈子の死体がある。しかし——近くまで、僕を頼ってやって来ている祐子を追い帰すわけにはいかない。

「分った。待ってるよ」

と僕は言った。

「ありがとう！　すぐ行くわ！」

祐子の声が嬉《うれ》しそうに弾んだ。

僕だって嬉しい。しかし、問題は美奈子だ。死んでからまで僕の邪魔をするのだから、よほど底意地が悪くできているのだろう。

寝室に置いてあるのだから、まあ祐子の目に入る心配はないにしても……。いや、寝室を……使うことになるかもしれない。

そうだ！

僕は階段を駆け上った。寝室へ飛び込んで、美奈子の服をまず洋服ダンスの中へ放り込む。そして、死体を折りたたんでくずかごへ――入るわけはない。

さて、どこへ死体を片付けておこうか？

浴室？　いや、もし祐子とベッドを使うことになれば、浴室だって当然使うことになるだろう。

さて困った……。他の部屋へ移すしかなさそうだ。まあ幸いこのだだっ広い家に二人で住んでいたから、部屋は余っている。その一つへ放り込んでおけばいい。

それには、まず美奈子の体をベッドからおろして運んで行かなくてはならない。ええと、どうしようかな。

外国映画なんかで見ると逞《たくま》しい男性が、いとも軽々と女性をかかえて運んで行くが、僕がそんな真似をすりゃ、たちまちギックリ腰だ。ここは一つ、みっともないが引きずって行くに限る。

僕は美奈子の足をそれぞれ両わきにかかえ込んで、ズルズルと引っ張った。意外に重い！

美奈子の体がベッドから床へドシンと落ちた。

「あ――」

ごめん、と言いかけて、僕は苦笑した。もう死んでしまってるのだ。痛くもかゆくもないはずじゃないか。

さて、早いところ引っ張って行こう。僕は一旦《いったん》足をおろして、ドアを開けに行った。

そのとき、玄関のチャイムが鳴った。――こんなに早く？

まずい！　僕は一瞬迷ったが、ともかく、玄関へ出てみることにした。いきなり寝室へ来ることはあるまい。

チャイムがまた鳴った。急いで玄関へ降りると、チェーンを外し、

「早かったね」

と言いながら、ドアを開けた。

「あら、何が？」

住谷秀子が立っていた。

「あ——あの——帰ったのかと思ったけど……」

と、僕はしどろもどろになって言った。

「度々すみませんね」

住谷が顔を出して、「秀子がどうしても気になるってもんだから」

「気になる……というと？」

「美奈子さんの具合よ。この前ね、私の知ってる人が風疹《ふうしん》にかかったの。その人がその少し前にうちに来ててね、確か美奈子さんも一緒にいたのよ。だからもしかしてうつったんじゃないかと……」

「いや、そんなことありませんよ。ただの風邪です。ご心配なく」

「そんなこと、あなたに分るわけないじゃないの」

秀子は僕を押しのけるようにして入って来た。「美奈子の様子を見たいの。上るわよ」

「待って下さいよ」

僕はあわてて止めた。「美奈子は眠ってるんです。朝になったら、ちゃんと病院へ連れて行きますから——」

「大丈夫。起さないように静かに覗くだけだから」

起そうたって起きやしないが、それにしても、床のど真中に裸の死体を放っぽらかしてある所へ入られたら大変だ。

「でも、ちょっと——その——」

「いいの。心配しないで」

秀子はさっさと靴を脱いで上り込む。何とか止めなくては！

そのとき、電話が鳴るのが聞こえた。

「ほら、電話よ。出たら？」

と、秀子は言って、「二階ね」

と階段の方へ歩いて行く。

絶望的状況だった。僕は、無意識の内に居間へ入って電話に出ていた。

「池沢です」

「住谷ですが」

と、太い男の声がした。「そちらに息子《むすこ》夫婦がお邪魔しとりませんかな」

「は……はあ、ちょっとお待ちを」

僕は大声で、「住谷さん！　お宅からですよ」

と怒鳴った。

「え、親父《おやじ》から？——おい、秀子、親父からかかってるらしいぞ」

「まあ、何かしら？」

秀子が上りかけていた階段を降りて来る。住谷が上って来て、電話に出た。

「やあ、何だい？——え？——分ったすぐ帰るよ」

住谷はあわてて電話を切った。「おい、一也《かずや》が熱を出したそうだ」

「ええ？　さっき出て来るときは何でもなかったのに」

「親父一人じゃどうにもならん。急いで帰ろう」

「そうね。——じゃ、美奈子によろしく。また来るからって」

「はあ」

住谷夫婦が出て行くと、僕はソファに座り込んでしまった。間一髪。天の助けである。

天もたまには人殺しを助けてくれるらしい。

しばらくはソファから動けなかった。こういうストレスは心臓に悪いに違いない。

また玄関のチャイムが鳴った。今度はインタホンで確かめた。

「——タクシーがないから、歩いて来ちゃった」

と、祐子が入って来る。

早川《はやかわ》祐子は、僕が社長をしている四つの会社の一つで、秘書をしている子である。

「さあ、上って」

僕は微笑《ほほえ》みながら言った。

「いいの？　ごめんなさいね、突然やって来て」

「構やしないよ。ちょうど美奈子もいないしね。──コーヒー飲むかい？」

「ええ。いただくわ」

ソファに落ち着いて、祐子が肯《うなず》く。美奈子は、専らアルコールで、僕の淹れたコーヒーなんか絶対に飲まなかったものだ。

──早川祐子は、二十四歳の、小柄で、ちょっと丸顔の女の子である。

ともかく男なら、彼女に笑いかけられて悪い気持がするわけがなく、僕も例外ではなかった。特に、妻にうんざりしている男で、社長で、二人きりになる時間が沢山ある──となれば、そうならない方がどうかしている。

かくして僕と祐子も、なるようになったのである。

「家を出たって？」

とコーヒーカップを手渡しながら言った。

「ええ。──あなたのことは言ってないわ。大丈夫」

「何か言われたの？」

「恋人がいるって、告げ口した人がいるの。いやね、本当に」

「お母さんは別に怒らないんだけど、お父さん、やかまし屋でしょう。散々怒鳴られちゃって……。相手の名を言えって殴ろうとしたの」

「で、ご両親が……」

「ひどいな、そりゃ」

「だから頭に来て出て来ちゃったのよ。──でも、行く所もないし、悪いと思ったんだけど、ここへ……」

「いや、構やしないよ。ちょうど一人で寂しいと思ってたんだ」

僕は優しく祐子を抱き寄せようとしたが、何しろコーヒーを持っているので、巧《うま》くいかない。二人で一緒に笑い出してしまった。

こんなに心愉《たの》しく笑えるのは、本当にまれなことなのだ。

「お腹《なか》は？　空《す》いてない？」

「あ──そうね。言われてみるとペコペコだったわ」

「よし、どこかへ食べに行こう。いいかい？」

「二人で？　嬉しいわ」

「待ってて。仕度して来る」

僕は二階へ上った。足取りも軽く、口笛などがつい出て来てしまう。

寝室へ入って、ピタリと足を止める。──美奈子の死体が床の上に横たわっている。

忘れるところだった。こいつを何とかしなきゃならない。

今はゆっくり始末していられない。仕方ない。

僕は美奈子の死体の足をまたかかえ上げて、床を引きずって行った。だが洋服ダンスへ入れるのは大変だということが分った。持ち上げなくてはならないのだ。

ではどこへ隠そう？　キョロキョロ見回していると、ドアをノックする音がした。

「入っていい？」

祐子の声だ。あわてて、

「待って！　ちょっと入らないでくれ！」

と僕は言った。

やむを得ない。僕は、また死体を引きずって、ベッドの方へ戻ると、ベッドの下へと美奈子を押し込んだ。

これも楽ではなかったが、必死になると力が出るというのは本当で、何とかベッドの下へ押し込むのに成功した。

急いで服を着替え、ドアを開ける。

「待たせてごめんよ」

「中、見ていい？」

祐子は寝室の中を見回した。「――素敵ね。こんな部屋に寝てみたいわ」

「いいとも」

「本当？」

祐子が目を輝かせた。

「もちろんさ。さあ、出かけようよ」

「ええ」

僕は寝室の明りを消してドアを閉めた。

「どこに行く？」

「六本木の辺りに、いろいろ店があるよ。何が食べたい？」

「そうね。——任せるわ、あなたに」

美奈子はいつも夫の好みなど無視して、自分の好きな店へ行ったものだ。

僕は、祐子を抱いて軽くキスしてやった。

「——奥さん、急に帰って来ることない？」

と祐子が言った。

「大丈夫。帰っちゃ来ないよ」

僕は断言した。

玄関を出ると、ドアを閉める前に、僕はそっと囁《ささや》いた。

「留守を頼むよ……」

僕はドアを閉め、しっかりと鍵《かぎ》をかけた。

遠足の前の日の子供のように浮き浮きした気持だった。

もちろん、厄介な仕事が残っているが、急ぐことはない。時間はたっぷりあるのだ……。

3　地下室の住人

青山の高級フランス料理店で夕食を取って、僕と早川祐子が帰宅したのは、もう夜中の一時になっていた。

「ああ、夢みたいだわ」

祐子は、僕が居間の明りを点《つ》けると、バレリーナのようにクルリと回って見せ、そのままソファに、身を投げ出すように座った。スカートがフワリと舞い上って、祐子の白く光っているような太腿《ふともも》がもろに目に入り、僕は一瞬、ゴクリと唾《つば》を飲んだ。

「こんなに素敵な夜って、初めてだわ」

祐子は多少アルコールが入っているせいもあってか、やや舌っ足らずな甘え声になって、それがまた色っぽいのだった。

「僕も酔ったよ」

と僕は言って、祐子と並んでソファに身を沈めた。

「あら、あなたはコーラばっかり飲んでたじゃないの」

「いいんだ。君を見てるだけで酔っ払うからね」

「上手なのね。――いつもそう言ってるんでしょ、奥さんに」

僕は突如現実に引き戻された。

そうだった。美奈子の死体を、寝室のベッドの下へ押し込んだままなのだ。あれを何とかしなくてはならない。

最近はゴミ一つ捨てるのも大変で、粗大ゴミなんかでも、持ってってもらうのにお金を払うのだそうだから、死体ともなれば、やはり始末に苦労するのは当然かもしれない。

しかし、多少料金は高くてもいいから、いい引き取り手はないだろうか？　人造人間を作りたがってるフランケンシュタインみたいな科学者でもいれば、喜んでタダでさし上げるのだが、当節ではやや時代遅れの感があるし……。

「何を考えてるの？」

と祐子が言った。

「いや、別に」

僕は祐子を抱いて優しくキスした。女房の死体が二階にあるからといって、女性に優しくしなくていいという理屈はない。

「――本当に奥さん、帰って来ないの？」

「大丈夫。心配するなよ」

「じゃ、今夜は……」

そう言いかけて、祐子は頰《ほお》を染めてうつむいた。この初々しさがたまらないのだ。ま、もっとも、頰はもともとアルコールで染まっていたし、美奈子だって、結婚したての頃は初々しかったんだが……。

「あわてることはないよ。時間はたっぷりある」

僕は立ち上って、書棚の本の間に納めてあるレコードプレイヤーのスイッチを入れに行った。

さてレコードは何にしようか？　美奈子はロックとか何とか、僕の耳にはおよそ騒音としか聞こえないものが好きで、年中かけていたが、今やそれらのレコードは、全部主を失ったわけだ。

僕はバロック音楽などかけて、低い音で流した。――音楽とはこういうものなんだ。

「あなたのコーヒーが飲みたいわ」

と祐子がまた嬉しいことを言ってくれる。

「すぐに淹れてあげるよ」

と早速仕度にかかった。

だが、困ったことに、豆が切れているのだ。

「参ったな。じゃ、ちょっと待っててくれ」

「どうするの？　ブラジルまで取りに行くの？」

「地下のブラジルへね」

と僕はウインクして見せた。「地下室に買い置きがあるんだ。今持って来るからね」

一旦玄関前のホールへ出て、地下室への階段を降りて行く。

地下室は、最初、僕は書庫にするつもりだったのだ。かなり蔵書もあり、夫婦揃《そろ》って古典を読み、知的会話など交わそう――と思っていた。

ところが、美奈子はここを見るなり、

「食料品の置き場にいいわね」

と、有無を言わさず、食料貯蔵庫にしてしまったのである。

僕はドアを開けると、明りを点けた。

シェークスピアが並ぶはずだった書棚には、缶詰やパック食品の類がズラリと並んで、ちょっとしたスーパーマーケットみたいな光景だった。

「コーヒー豆、コーヒー豆、と……」

あったあった。――ウーム、ここはやはり恋人に飲ませるのだから、ブルーマウンテンにするべきだろう。

まだ新しいから、そうしけてはいないはずだ。僕は重いガラスの容器を手にして、ドアの方へ歩き出した。

足が何かを蹴飛《けと》ばして、カラカラと音がした。といって、笑ったのではない。空缶が一つ、転がったのである。

空缶？――どうしてこんな所に空缶が転がってるんだ？

僕は棚の奥へと転がって行った缶の方に歩いて行って拾い上げた。シャケの缶詰で、まだ空けて間もない。匂いがプンと来る。

中は空だが、それにしても……。

首をひねりながら振り向いた僕は、ギョッと立ちすくんだ。

目の前に、不精ひげの目立つ大男が立ちはだかっていたのである。


人間、何か予期しないことに出くわすと、たいていは、あわてふためくより、妙に落ち着いてしまうものである。

「どうも」

と僕は笑みさえ浮かべて挨拶《あいさつ》したものだ。

「この家の者か？」

と男は訊《き》いた。

僕は少しホッとした。男は見かけの割に甲高くて迫力のない声を出したからだ。

「ええ、ここは僕の家ですけど」

「お前の家か。――ずいぶん若いくせにでかい家だな」

「そうですか？　でも父が建ててくれたんです。持主は僕ですが」

「そんなとこだろうぜ」

男は、えらくくたびれた作業服みたいなのを着込んで、ジーパンにズック靴というでたちだった。おまけに土や泥で汚れている。

どう見ても六本木や青山にはいないタイプだ。

「一緒にいるのは誰だ？」

と男は訊いた。

「あの――あなたは？」

「俺《おれ》は一人だ」

「いえ、そうじゃなくて、どういう方で、ここで何をしてるんですか？」

僕は訊いた。祐子のことを言う前に、どんな男か確かめておきたいと思ったのである。

「うるせえぞ」

男が僕の鼻先へ鉄の棒をグイと突き出した。いや、鉄の棒と見えたのは拳銃《けんじゅう》の銃身で、これで僕は素直に答える決心がついた。

「今は……女の子が一人」

「子供か」

「いや……子供じゃないよ」

「要するに女か」

「そう」

「他には？」

「いない」

「本当か？」

「うん」

僕とて、少しは迷ったのである。しかし、こういう場合、死んだ人間は数に入れなくていいだろうと判断したのだった。

「よし」

男は拳銃の銃口を下げた。僕はホッと胸を撫《な》でおろした。

「あの……どうしてここにいるの？」

と僕は訊いてみた。

「俺は逃亡中なんだ」

「逃亡？　つまり——何かやって追われてるんだね？」

「追われるから逃げてるんじゃねえか」

　これは理屈だった。

「よくここに入れたね」

「鍵を開けるのは得意だからな。入って、さて食い物でも捜そうと思ったら車の音がしたんで、ここへ逃げ込んだわけさ」

　男は少し僕から離れると、「この辺はきっと今頃非常線を張ってるところだろう。しばらくは居させてもらうぜ」

　僕は当惑していた。これはどうやら脱走犯人なのだ。しかし、こっちも二階に死体をかかえている。

　死体と凶悪犯とのサンドイッチでは、あまり食欲をそそらないメニューである。

「何が望みなんだい？」

　と僕は訊いた。

「まず食い物だな。それから服、金。それに……車。女もだ」

「女？」

　男は短く笑って、

「冗談だよ」

と言った。「そんな暇はねえや」

「ともかく、まず食べ物だね。台所から持って来ようか」

「それには及ばねえ。こっちから行くさ」

「上に行くの？」

「悪いか？」

「いや……でも……」

「女が心配か。大丈夫。色気より食い気だ。留置場の飯の後じゃな」

男は銃口をこっちへ向けて促した。——こうなっては仕方ない。

僕は地下室を出て、先に立って階段を上って行った。

「何をやったのさ？」

と僕は訊いた。

「黙ってな」

男は無愛想に言った。愛想のいい脱走犯というのはあまりいないだろうが。

「遅かったのね」

居間へ入って行くと、祐子がにこやかに顔を上げた。「——その人は？」

「うん……。留守中にここへ来てたらしいんだ」

「お友達?」

まさか。一目見りゃ分りそうなもんだ。

「いい女だな」

と男は言って、ソファへドカッと座り込んだ。

「そのピストル……モデルガンでしょ?」

と、祐子が恐る恐る言う。

「これか? お巡りを殺してかっぱらって来た本物だぞ。試してみるか?」

男は愉快そうに銃口を祐子へ向けた。僕はあわてて、

「待った! ねえ、落ち着いて。——祐子、何か食べる物を持って来るんだ」

祐子は、まだ事態を正確に把握していないようだった。

「私、お腹一杯よ」

「この人が食べるんだよ」

「あ、そう」

と、立ち上ると、「台所ってどこ?」と訊いた……。

新しい事態というのは、初めの内は何かとギクシャクするものである。しかし、十五分もたつと、やっと状況はまともになって来て——まともという意味にもよるが——その男は、祐子の温めた調理済の料理を片っ端から平らげ、僕と祐子は少し離れ

たソファで身を寄せ合って座っているという、一般的な図式になったのである。

「やれやれ」

男は大きく息をついた。「やっと生き返ったぜ」

美奈子は生き返らない、と僕は思った。

「用が済んだら出て行ってよ！」

と祐子がギョッとするようなことを言い出した。

「気の強い女だな」

と男は笑った。

満腹で、寛大な気分になっているらしい。

「他にも色々欲しいもんがあるのさ」

男は左手でひげののびた顎《あご》を撫でて、

「まずひげを剃《そ》りたいな。電気カミソリはあるか？」

「あるよ」

「よし、持って来い」

「二階だけど……」

「取って来いよ」

僕は立ち上った。祐子も僕にすがりついているので、当然一緒に立ち上った。

「女はそこにいるんだ」

祐子が情ない顔で、僕を見上げた。

「すぐ戻るよ」

僕は祐子の手を叩《たた》いて力づけてやったが、あまり効果はないようだった。

ともかく祐子をソファへ座らせ、居間を出ようとした。——そのとき、玄関のチャイムが鳴ったのである。

4　死体が二つ

ドアを開けると、制服の警官が二、三人立っていて、一人がパッと敬礼した。こっちもつい敬礼を返しそうになって、あわてて頭をかくふりをした。

「あの……何でしょうか？」

と僕は言った。

「実はこの近くで護送中の凶悪犯が脱走しまして」

「それは大変ですね」

「今、非常線を張っているのですが、まだ発見されていませんので、こうして一軒一軒回っているわけです」

「ご苦労様です」

と僕は丁寧に言った。「一体何をやった男なんです？」

「殺人です。二人も殺していましてね。しかも逃げるとき、警官を殺して、その拳銃を奪ったのです！」

警官は効果を強調するかのように言葉を切った。「――何か妙な人影を見たとか、物音がしたというようなことはありませんか？」

「今のところは何も」

「ご家族は？」

「僕と家内だけです」

「お二人ですか？　広いお宅ですな」

「親が死んでしまったもので」

どうしてこんな説明までしなきゃいけないんだろう？

「この辺は土地も高いでしょう……」

と警官はため息をついて、急にハッと背筋を伸ばして、「では、充分にお気を付けて」

「どうも」

「戸締りを忘れないようにして下さい」

「分りました」

「ああ、一応念のために……」

と警官はポケットから写真を出すと、「これがその男です。もし見かけるようなことがあればすぐ一一〇番して下さい」

とこっちへ差し出す。

僕はその写真をじっくり眺めてから返して、

「気を付けますよ」

と肯いた。

「では」

警官は敬礼して、立ち去って行った。

僕はドアを閉め、鍵をかけて、チェーンをしておいた。

居間へ戻ると、

「もう帰ったよ」

と声をかける。

ソファの裏から、男と祐子がゆっくり顔を出した。

「妙な真似はしなかったろうな？」

「彼女がいるのに、そんなことしないよ」

「よし、じゃ、電気カミソリだ」

僕は二階へ上って、寝室へ入った。バスルームからブラウンの電気カミソリと、ローションを手に出て来る。

ふと気になって、ベッドの下を覗いた。美奈子はまだそこにいた。いなきゃ、それこそ大変だ。

寝室を出て、階段を降りながら、さて、これからどうしたものかと考えていた。あの男、これで金をやれば、おとなしく出て行くだろうか？

僕を当惑させているのは、この状況ばかりではなかった。

あの警官の見せてくれた凶悪犯の写真は、今、居間にいる男とまるで別の男だったのだ……。

「キャーッ！」

居間から、祐子の悲鳴が聞こえた。

僕は急いで居間へと駆け込んだ。――そして立ちすくんだ。

祐子が、サイドボードに寄りかかって、息を弾ませている。服が肩から胸もとへ、引き裂かれていた。乳房が露《あらわ》になっているのにも気付かないようだ。

だが、僕が立ちすくんだのは、その乳房のせいではなく、祐子の目の前に、あの男がうつ伏《ぶ》せに倒れていたからだった。

「祐子……」

僕が声をかけると、祐子は一気に走って来て、僕に抱きついた。ブラウンのカミソリとローションのびんは空中へはね上げられる運命にあった。

ドイツ製は頑丈だから大丈夫だろう、などと僕は考えていた。

「怖かったわ！」

祐子は震えながら言った。

「どうしたんだ？」

訊かなくたって、見りゃ分りそうなもんだが、一応、訊いてみることにする。

「私に襲いかかって来たのよ……。服を破いて……。私、夢中で逃げて……あの置物をつかんで、殴りつけたの」

男の傍に転がっているのは、アンデルセンの人魚の像をかたどったブロンズの置物だった。必死だったとはいえ、よく彼女に振り回せたものだ。

僕は恐る恐る、男へ近付いて行った。まず拳銃を足で遠ざけておいて、かがみ込み、手にそっと触れてみた。

反応なし。――手首を持ってみる。反応なし。脈をみる。

「――どう？」

と、祐子が訊く。

「死んでるよ」

と僕は言った。

「ほんと」

祐子はポカンとしている。実感がないのだろう。当然のことだ。

まあこの男もアンデルセンに殺されりゃ、きっと幸せだろう。

「どうしよう……」

祐子はヘナヘナと床に座り込んでしまった。「でも仕方ないわよね。――殺人犯なんでしょ」

「それがね、違うんだよ」

と僕は言った。

「違うって……どういうこと？」

僕は、さっきの警官の見せてくれた写真のことを説明していった。

「じゃ――これ、誰なの？」

「さあね」

僕は拳銃を拾い上げると、床に向けて引金を引いてみた。カチッと音がして、先からポッと炎が出る。

「ライターだ」

祐子は目をパチクリさせている。

「こいつはきっとただの浮浪者だと思うね」と僕は言った。「非常線に引っかかって、あれこれ訊かれたんだろう。それで、思い付いたんじゃないかな。どこかに押し入って、その凶悪犯のふりをしてれば、好きなことができる……」

「そんな……」

「ともかく、こいつは例の凶悪犯じゃないんだよ」

「だって、構わないじゃないの。この男が悪いんだから。違う?」

「そりゃそうだよ」

「じゃ警察へ届けましょうよ」

「ちょっと待てよ」

「どうして?」

僕は彼女の肩を抱いて、ソファへ座らせた。

「いいか、ここで君がTVや新聞に出たら、どうなると思うんだ?」

「あ――そうか」

祐子は口に手を当てて、「忘れてたわ。ここはあなたの家なのね」

「だから問題なんだよ」

と僕は言った。

もちろん解決方法はある。祐子は気付いていないようだが。――つまり、僕がこの男を殺したことにすればいいのである。

そして祐子はここにいなかったということにして、ホテルかどこかへ泊らせる。

それは問題の一番少ない解決策に違いなかった。――ただし、二階に美奈子の死体がなければの話である。

まずいことになってしまった。

これを警察に届けたとする。当然、人を殺したのだから、あれこれうるさく質問されよう。

当然、正当防衛というところだが、日本の裁判所はなかなか正当防衛を認めてくれないのだ。

何しろ目の前で娘に乱暴しようとした男を殴って殺してしまった父親が、過剰防衛で罪に問われるくらいなのだから、これじゃ法の正義が泣くってもんだよ。

僕が美奈子を殺したのだって、精神的暴力に対する正当防衛だ。――まあ、こう言っても通じるはずはないが。

何の話だっけ？　あ、そうか。つまり、こんな事件が公になってマスコミがやって来れば、美奈子がいないということが、あのやかましいお節介の住谷秀子などに分ってしまうわけだ。

これは何としても避けなければならない。たとえ、警察へ届けるとしても、美奈子の死体を何とか始末してからのことだ。といって、それまで死体をここへ放り出しておく気にもなれないし……。

「ねえ、どうしよう」

祐子は情ない顔で言った。

「ともかくゆっくり考えよう。今はだめだ」

「そんな呑気《のんき》なこと言って――」

「だって仕方ないだろ。慎重にしなきゃ。下手をすりゃ、僕らは二度と会えなくなるんだよ」

これが効いた！　祐子は僕に抱きついて来ると、

「そんなのいやよ！」

と熱っぽく囁いた。

「よし、分った。――落ち着いて。ともかく、今夜は二人とも疲れ切ってる。こういうときはいい考えも浮ばないよ」

「そうね」

「今夜は寝よう。そして明日、すっきりしたところで対策を考えるんだ」

祐子も納得したらしく肯いたが、

「でも、ここに死体があると思うと眠れやしないわ」

「そうか。よし。ともかくまずどこかへ隠しとこう。どこがいいかな。――地下へ運ぶか？」

「そうね」

後でまた運び出すのが大変かな、と思ったが、なに、そのときはそのときだ。どうにかなるさ。

僕は男を仰向《あおむ》けにし両足をわきの下へ一本ずつかかえ込んで引きずって行った。階段を降りて行くのは、あまりいい気分のものではなかった。一段ごとに、男の後頭部がゴツン、ゴツンと音を立てるのだ。

もう痛くないのだとは思っても、やはりいやなものである。

地下室へ運び込んで、階段を上って来ると、祐子が心配そうに待っていた。

「大丈夫だった？」

「心配ないよ。さあ、もう君は忘れるんだ」

僕は祐子の肩を抱いた。

むろん、他にも色々とやることはあった。拳銃型ライターは、物置へ放り込み、男の使った食器は、祐子が全部洗った。

アンデルセンの人魚も水で洗って、きれいに拭《ぬぐ》ったが、祐子は見たくないというので、仕方なく物置行きとなった。

「――もう三時だわ」

祐子は時計を見てびっくりしたように言った。

「ああ、疲れたね。シャワーを浴びて寝よう」

「ええ」

さて、次の問題である。祐子とどこで寝るか？　寝室のベッドの下には美奈子の死体がある。

といって、他にベッドのある部屋はないのだ。

「あら、行かないの？」

祐子は、居間を出ようとして、僕がついて来ないのを見て言った。

「いや……どこで寝ようかと思ってね」

「寝室じゃだめなの？」

「そうじゃないけど……」

祐子は、ちょっと寂しそうな顔になって、

「奥さんに気兼ねだっていうのなら……」

「いや、違うよ！」

僕は急いで言った。「君がいやかと思ったんだ。僕は、全然構わないよ」

その場の雰囲気というものがある。そのせいで僕はこう言わざるを得なかったのである。

まあ、何とかなるさ！

僕らは二階へ上って、寝室へ入った。その後のことについては——風呂《ふろ》に入った。ベッドに入った。以下省略。

——僕はまだ目が覚めていた。

祐子は、僕のわきで、すっかり満足気な様子で深い寝息をたてている。

もう時計は朝の五時を指していた。僕の方がどっちかといえば疲れているはずで、ぐっすり眠って当り前なのだが、なぜか目が冴《さ》えて仕方ないのである。

今寝ているベッドの下に、死体があるんだから、それも当然と思われるかもしれない。しかし、僕は別に、良心の呵責に悩まされているわけではないのだ。

要するに、明日になったら、これをどうしようかという具体的な方法で悩んでいるのである。

一人ならともかく、祐子がいては、何かと不自由だ。しかも死体が二つと来ている。

「困ったもんだ」

と僕は呟《つぶや》いた。

ふと気が付くと――電話が鳴っている。階下《した》だ。

「何だ、今頃？」

僕はベッドを出ると、ガウンをはおって、寝室を出た。

居間へ入って、鳴り続ける受話器を上げた。

「はい」

「あ、社長ですか！」

いきなり凄《すご》い声が飛び出して来て、僕は耳が痛くなった。

「誰だ？」

「吉野《よしの》です！」

吉野か。――僕の私設秘書をやっている男である。
二十五、六の張り切り屋で、確かによく働くし、気もきくのだが、少々ききすぎて、
こっちが疲れる。

「何時だと思ってるんだ」

僕が不機嫌な声を出した。

「申し訳ありません。実は緊急の用がありまして」

「何だ、一体？」

「奥様のお父様が亡くなられたのです」

——僕は、しばしポカンとしていた。

「美奈子の……親父さんが？」

「はい。今朝早くです」

僕は唾を飲み込んだ。

「しかし……こっちへは連絡がないぞ」

「私が頼まれたのです。そばにおりましたので」

「そばに？」

「はい、ともかく、奥様にお伝え下さい。通夜は明日で、告別式は——」

僕の耳にはもう何も入らなかった。

「社長。——もしもし？」

「うん。ああ、聞いてる」

「ただいまから、そちらへお迎えに参ります。一時間ほどで着きます」

「おい待て！」

と僕は言った。——しかし、すでに電話は切れた後だった。

僕は受話器を持ったまま、しばし呆然《ぼうぜん》と立ちつくしていた。

5 死体を誘拐せよ

参った。

これこそ参ったと言わずして、何を参ったと言えようか。――なんて気取ってるヒマはないのだ。

美奈子の父親が死んだ。そんなことはおよそ殺人の計画に含まれていない。そして僕だって、色々と不測の事態が起こるであろうことは予期していた。

しかし、まず恋人の早川祐子が突然やって来て、次は逃亡殺人犯と称する浮浪者が侵入、死体にして地下へ片付け、一夜明けたら、美奈子の父親が急死と来た……。

これはいくら何でも、あんまりじゃないか！　といって、誰に文句を言っていいものやら分らないけれど。

美奈子の父親の具合が悪くて、もう危ないとか、前もって分っていれば、こっちとしても計画を延期するとかできたのに。――ともかく、殺してしまった美奈子は生き返っては来ないのだ。

こうしている間にも、秘書の吉野がこっちへ向っている。あいつが一時間で行くと言えば、本当に一時間で着くのだ。どうしたらいいだろう？

場合が場合だから、風邪で寝てるぐらいではごまかせない。いくら何でも、父親の葬式を風邪ぐらいですっぽかすわけにもいかないし、といって、美奈子がいないのを説明する、巧い理由も思い付かない。

「ああ、畜生!」

僕は居間を歩き回りながら、口に出して言った。

「――どうしたの?」

突然、祐子の声がして、僕は飛び上りそうになった。

「や、やあ、もう起きたのかい?」

僕は急いで笑顔を作った。

「目が覚めて隣を見たら、ベッドが空なんだもの」

祐子は近付いて来ると――付け加えると、当然祐子はネグリジェ姿で、体の線が透けていた――僕の首に腕をかけて、「あなたがどこかへ行っちゃったのかと思って、心配しちゃった……」

と粘りつくような、ニカワの如き声で言いながら僕にキスした。

「そんなわけがないじゃないか……」

僕もキスを返しながら言った。

「どうしたの、困ったようだったけど」

「困った？　誰が？」

「あなたしかいないじゃない」

「あ、そうか。いや、別に困っちゃいないよ。ただ……どうしていいか分らないだけで」

冗談で言ったわけじゃないんだが、祐子はプッと吹き出してしまった。

「愉快な人ね。大好きよ。――何があったの？」

「うん……。実は僕の秘書の吉野って男から電話でね」

「ああ、いつか凄い張り切りボーイだって話してくれた人ね」

「そう。あいつが一時間もするとここへやって来る」

「こんなに朝早く仕事？」

「そうじゃない。美奈子の親父さんが死んじまったんだ」

「まあ」

祐子は、ちょっと目を見開いた。この顔がまた可愛《かわい》いのだ。美奈子が目を見開いたって目でサンドイッチでも食べるのかとしか思えないが。

「じゃ、奥さんもすぐに帰って来るのね」

「う、うん。まあ……そういうことになるかな」

「うまく行きすぎると思ったわ」

と、祐子は、ちょっと寂しげに言った。「急いで私は出て行かないとね」

「いや、まだ大丈夫だよ」

本当は大丈夫なんかじゃないのだが、僕はあわてて言った。「まだ一時間あるんだ。それに美奈子は出先から当然あっちへ駆けつけてるさ」

「でも一時間しかないわ」

祐子は僕に抱きついて来ると、「もう一回愛してくれる時間はある？」

と囁いた。

たとえ吉野の奴《やつ》が玄関に立っていたとしても、僕は、「ある」と答えたに違いない。で、早速、僕は祐子と一緒に二階へと駆け上り、そのままベッドへと飛び込んだのだった。

――おかげで、もう一回愛し合った後でも、まだ時間は三十分ほど残っていた。

「もうシャワーを浴びて仕度した方がいいわ」

と、祐子が言った。

「そうだね……。仕方ない」

僕は渋々ベッドから出ると、バスルームへ入って、熱いシャワーを浴びた。昨夜はほとんど一睡もしていなかったが、そう眠くはない。

通夜の席で眠っちまうかもしれない、と思ってから、まだ美奈子のことをどうするか考えていないことに気が付いた。

祐子と愛し合っている内に、きれいさっぱり忘れてしまったのだ。ついでに死体の方もきれいさっぱり消えていてくれるとありがたいのだが、そううまくはいかないだろう。

ともかく、あの張り切り屋の吉野をどうやってごまかすか。これはかなりの難問であった。

バスタオルで体を拭って、バスローブをはおって、バスルームを出ると、祐子がベッドに腰をかけていた。

「君は少しゆっくり眠っていけよ。どうせここは空っぽになるんだから」

いや、空っぽじゃない。美奈子の死体、それに、もっときれいに忘れていたが、あの浮浪者の死体もあるのだ。

すると、祐子は何だか、不思議な目つきをして、

「今、スリッパが見付からなかったの」

と言った。

「そう。でもはいてるじゃないか」

「ベッドの下を覗いたら、あったの」

「良かったね」

と言って、僕は立ちすくんだ。

「――奥さん、ベッドの下で寝る趣味があるの？」

と、祐子は訊いた。


全く、世の中というものは、予期できないことの連続で成っている。祐子が美奈子の死体を発見したのも、その「予期しないこと」の一つだったが、それで祐子が大してショックを受けてもいないことも、その一つであった。

「あなたが殺したのね」

と、祐子は訊いた。

至って自然な調子で、僕の方が戸惑ってしまった。

「うん……。実はそうなんだよ」

と僕は頭をかきながら言った。

「分るわ。――あなたの気持、私にはとってもよく分る」

と、祐子は言って、僕に駆け寄ると、キスしてくれた！

さしずめ映画なら、ジャーンとフルオーケストラが鳴る、感動の名場面である。

「僕を怖がらないの？」

「どうして？　あなたが奥さんを殺したのは、正当防衛だわ」

僕の言いたかったことを、彼女の方から言ってくれた！

「そう思ってくれたら嬉しいよ」

と僕は言った。「でも……まずいことになった。吉野が来たら、どうにも言い訳できないよ。君は早くここから出て行った方がいい」

「じゃ、あなた、おとなしく自首するつもりなの？」

「いや……でも、仕方ないじゃないか。土、日と二日間はたっぷり時間があるから、死体を何とかできると思ったんだ。まさか美奈子の親父さんが死んじまうなんて、思ってもみなかったからね」

「そんな……。あなたが刑務所へ入るなんて、いやよ！」

「そりゃ僕だって入りたかないよ」

「じゃ何とかするのよ！」

「どうやって？」

「待って、考えるわ」

祐子は僕から離れると、寝室の中をグルグル歩き回った。よく、動物園のクマのように、というが、クマがこの速度で歩き回ったら、目を回すんじゃないかと思うほどのめまぐるしさであった。

しかし、僕はすっかり感服していた。一見弱々しく見える彼女の中に、死体を見つけてもびくともしない強さがあろうとは、想像もつかなかったからだ。

――しかし、いくら彼女が強くたって、警察相手にドンパチやるわけにもいかないのだ。それに、時間はどんどんたって行く。吉野の奴はもう間近まで来ているに違いない……。

「ねえ！」

と祐子はパッと顔を輝かせた。「忘れてたわ。地下にもう一つ死体があるのよ！」

「うん。あの浮浪者だろ。それがどうしたんだい？」

「何とか巧く利用できないかしら？　あの男が奥さんを絞め殺した。そしてあなたが男を殴り殺した。――そんなら正当防衛だし、あなたは奥さんを助けようとしたけど、間に合わなかったって、ちょっと泣いて見せりゃいいのよ」

「そう巧く行くかな」

「何か都合の悪い点はある？」

僕はしばらく考え込んだ。

「――まず、殺してからしばらくたってるってことだな。すぐ警察へ知らせなかったのはなぜかって疑われるよ、きっと」

「奥さんを殺したのは何時頃？」

「ゆうべの……十時過ぎかな」

「あの男は真夜中——二時頃だったわね、殺したのは。すぐに調べたら、その辺の食い違いが分るかも……」

「それに吉野から電話があったとき、何も言わなかったのは変だと思われるよ」

「そうね。——じゃ、奥さんがいなきゃいいわけでしょ」

「いなきゃいい?」

「そう。つまり、ある程度日数がたっちゃえば、死亡推定時刻なんてそうはっきりしなくなるわ。少しの間、奥さんとあの浮浪者の死体を隠しとけばいいのよ」

「どこに?」

「こんな広い家だもの、どこか場所があるんじゃない?」

と、祐子はちょっとイライラした口調で言った。

「そ、そりゃまあ捜せばね。——でも、家の中を捜索されたらおしまいだよ」

「そうねえ……。奥さんがいなくなる、ごく自然な理由……」

と、祐子は眉《まゆ》を寄せて考え込んだ。

僕としては、甚だお恥ずかしい限りながら、祐子が何か思い付いてくれるのではないかとあてにして、ぼけっと突っ立っていたのである。

「ねえ——」

祐子は何か考え付いたようで、ちょっと興奮を抑え切れないという様子だった。

「こうしたらどうかしら?　つまり——」

「吉野です!　社長!　吉野が参りました!」

インタホンがなくても聞こえそうな馬鹿でかい声が、耳を突き刺した。

「分った、今出るから——」

やれやれ。元気なのは結構だが、これじゃ死人だって、ゆっくり死んでいられないと文句を言いかねないよ。

玄関へ行って、ドアを開ける前に、僕はできるだけ疲れ切ったように見せるべく、髪をくしゃくしゃにした。

帽子の裏に鏡がついていて、人の家を訪問するときは、それを見ながら髪をかき回し、

「これで作家らしくなった」

と満足していたのは、イプセンだったかしら?　ま、いいや、そんなこと。

「社長、お早うございます!」

中肉中背ながら、何かこうエネルギーを放射しているかの如く、活力を感じさせる吉野は、もう黒服にブラック・タイというスタイルである。

僕の方が、まだだらしのないガウン姿なのにも、別に驚く様子もなく、

「お仕度を手伝いましょう」

と言った。

「まあ、上れよ」

と僕は言った。

「失礼いたします」

「——美奈子の親父さんはどうして亡くなったんだ?」

居間へ入りながら、僕は言った。

「はあ、実はモチを喉《のど》につまらせまして」

僕は耳を疑った。

「モチ? あの、焼くとプーッとふくれるモチ?」

「さようでございます」

「しかし……そんなことで死ぬのはもっと年よりじゃないのか」

「それが三つも一度に飲み込まれまして」

娘もユニークだが、父親もユニークだ。

「呆《あき》れたもんだな! お前がそばにいたってのはどういうわけなんだ?」

「はあ。しるこ屋の払いをこっちで持てと電話で呼び出されたので」

全く! 吉野は僕の秘書なのに、美奈子は買物のおともに連れて歩くし、美奈子の父親は食事代をこっちの必要経費で落とすべく、わざわざ吉野を呼ぶのだ。

また、吉野も感心に、腹も立てずに言うことを聞いている。

「しるこ食い競争でもしたのか？」

「三十杯食べるとタダになると言われて、絶対にやりとげてみせると、挑戦なさったんです」

つまらないことに挑戦する奴だ。

「それで、食べたのか？」

「二十七杯目をのどにつまらせまして……」

こんなこと、みっともなくて人にはとても話せない！

「おい吉野、死因はあくまで心臓発作か何かにしといてくれよ」

「はあ。しかし……」

「何だ？」

「息を引き取られるときに、しるこ屋を訴えろと遺言されました」

「おい待て。――しかし、今朝早く死んだってのはどういうことだ？」

「昨夜九時頃から食べ始めまして、店が閉まるのも構わず、四時間かけて二十七杯を――」

「四時間？　じゃ――夜中の一時まで？」

それで店を訴えろというのか。店から訴えられたって文句は言えない。

全くがめつい親父だ。

「訴えるのはやめろ。こっちが恥をかく」

「それがよろしいと思います」

と、吉野は肯いた。「ところで——奥様は？　仕度をお急ぎになりませんと」

「美奈子はいないよ」

と僕は言った。

「は？」

「美奈子は誘拐されたんだ」

と僕は言った。

6　身代金要求

「ユ、ユーカイですか？」

と、吉野は、しばらくポカンとしてから、言った。「ユーカイというと……誘うという字と……それから何ていうんでしょう、『誘拐』の『拐』という字を書く……」

何だか大分混乱している。

「そう。要するにさらわれたのさ」

と僕は言った。

「そ、それは大変です！　すぐに一一〇番を――」

「待った！　いいか、吉野、落ち着いてよく聞いてくれ」

僕は、電話へ駆け寄ろうとする吉野をあわてて押し止め、ソファに座らせた。

「社長！　犯人の身代金の要求は？」

「それはこれからだ」

「ではすぐに電話にテープをしかけて――」

「あわてなくてもいい」

「ですが……いつ頃ですか、さらわれたのは？」

「それもこれからだ」

「なるほど。では早速手を打って――」

と言いかけ、「今……何とおっしゃいました？」

と訊《き》き返して来た。

「まあ落ち着け。吉野、君は僕のためによく働いてくれている」

「恐れ入ります」

「実際、美奈子やその家族の用にまでかり出されて、たまったもんじゃなかろう」

「はあ。――いえ、決してそんな――」

「いいから聞け。――実は君に頼みがあるんだ」

いつしか、僕は吉野を「お前」でなく、「君」と呼んでいた。

「どうぞ何なりと」

「美奈子を誘拐してもらいたい」

「さようですか。では早速重役会にはかって――」

「聞いてるのか？」

「ゆ、誘拐？　私がですか？」

吉野は目を丸くしてひっくり返りそうになった。

「実はね、美奈子は家を出てしまったんだ」

僕はため息をついてみせた。

「どちらへ行かれたんですか」

「それが分りゃ苦労はない」

「はあ……」

「男と二人で出たんだ」

「すると……ダンスパーティにでも？」

僕はジロッと吉野をにらんだ。

「鈍いやつだな！　恋人ができて駆け落ちしたんだ」

「駆け落ち！　奥様が？　誰とですか？」

「分らない。しかし前から気付いてはいたんだ」

僕はメロドラマの主人公よろしく、深刻な顔で肯いてみせた。「相手が誰かなんて、調べさせたりすりゃ、こっちが惨めなだけだからね」

「ごもっともです」

「ともかく美奈子は出て行ってしまったんだ……」

僕は思い入れたっぷりに言った。この分なら、その内映画界に誘われるかもしれない、なんて思いも頭をかすめた。

「そこで君に相談なんだよ」

「はあ……」

「僕としても、妻が他の男と逃げたなんてことは知られたくない。分るだろう？　たちまち社内で評判になって、出社しても、みんなが僕の方を見て忍び笑いをしたり、そっと囁《ささや》き合ったりする。――そんな目にあうのはごめんだよ」

「分ります」

と、吉野は熱心に肯く。

この単細胞が！　僕は続けて、

「だから、一つ、美奈子が何者かに誘拐されたという狂言をやろうというんだ。それならみんな僕に同情こそすれ、馬鹿にしたりはしない」

「なるほど」

「その役を君に頼みたい」

「わ、私がですか？」

「何も心配はいらない。実際には美奈子はどこかの男と二人で旅の空だろう。君はただ誘拐犯のふりをして、脅迫電話をかけてよこせばいい」

「すると……身代金の要求でも？」

「そうとも。でなきゃ脅迫にならないじゃないか」

「それもそうですね」

「いいか」

僕は、吉野の肩へ手を置いた。「こういう段取りにしたい。――僕はこのところ美奈子とは寝室を別にしていた」

「それは感心しません。離婚の噂《うわさ》はたいていそういうところから広まります」

「本当のことじゃない！　話の上でだ。つまり、君から美奈子の父親が死んだという知らせを聞いて、彼女を起こしに行ってみると、彼女の姿がない。捜してみたが、どこにもいない」

「私も捜しましょうか？」

と立ち上りかける。

「話の上でだ！——座って。そこへ君が来る。そのとき犯人から、美奈子を誘拐したという第一の電話が入る。君は急いで警察へ連絡する」

「私が私に電話をかけるんですか？」

「第一の電話なんて、僕の話だけでいい。問題は昼頃にかかる第二の電話だ」

「それが私のかけるやつで——」

「そう。君は、美奈子の父の葬儀の手配があるから、と、昼前にここを出ろ。そしてどこか外からここへ、声を変えて脅迫電話をかけるんだ」

「そう簡単に声が変りますか？」

「ハンカチで送話口をくるむかどうかすりゃいいさ。あんまり長く話すな。逆探知されるぞ」

「はあ。——で、どう脅迫すりゃいいんでしょう？」

「好きでいいさ。別に本当に身代金を払うわけじゃないんだ。誘拐が事実と思わせればそれでいいんだからな」

「じゃ、場所、時間は適当に」

「うん、任せる」

「お値段の方はいかほどにしておきましょうか?」

お中元の買物か何かと間違えているらしい。

「好きにしろよ」

「では……三十万円では?」

「おい! 身代金が三十万? 月給を決めるのとは違うんだぞ。せめて三千万ぐらいはいえよ」

「ではいっそ三億円とか」

「それじゃ多い。――一応五千万ということにしておこう」

「はあ、五千万ですね。税込みですか、それとも手取りで?」

生真面目《きまじめ》な人間も困りものだ。

「――しかし、社長」

一通り打ち合せを終ったところで、吉野が言った。「そうやって……でも実際は奥様はどこかに旅をしておられるんでしょう?」

「それともホテルにいるか。その辺は分らないよ」

「ニュースを聞いたらびっくりなさるでしょう」

「誘拐事件は報道しないよ。それにびっくりしたって一向に構わないさ。向こうが弱い立場だからな」

「ははあ。しかし、身代金を持って行く、真似ぐらいしなきゃならないでしょう。それでも犯人が現れなくて、それきり連絡もないというのはおかしくありませんか？」

「誘拐犯人が何を考えるかなんて、こっちには分りゃしないさ。警察が首をひねっても、別にこっちが説明してやる必要はないんだからな」

「なるほど」

「分ったか？」

「よく分りません」

僕は、やや絶望的な気分になったが、そこは何とか自らを励まして、

「よし！　ともかく警察へ電話だ！」

と力強く——正確に言うとやけっぱち気味にだが——言った。


「ご心配ですね」

と、その男は僕に心から同情を寄せてくれているらしかった。

「恐れ入ります」

僕は、妻を誘拐されている夫としてふさわしく見えるように、ヒゲも当らず、多少、憔悴《しようすい》した顔で言った。

「私は添田《そえだ》といいます」

刑事にしては愛想のいい男だった。いや、僕だって、そう刑事に知り合いはないから、人相の悪い、無愛想な刑事は、小説やTVの中のもので、実際には、みんなこの程度は愛想がいいのかもしれない。

添田という刑事、年齢は四十そこそこであろう。きちんとした身なりで、刑事イコール貧乏くさいというイメージとは無縁であった。

「犯人は、昼過ぎにまた電話すると言ったのですね？」

「ええ。警察へ知らせると命がない、とも。でも……やはりこれは市民の義務ですから」

「信頼を裏切らないように努力しますよ」

と添田刑事は肯《うなず》いた。

居間は大変だった。刑事たちが、電話にテープレコーダーを取り付けたりする仕事にかかっていた。

「おい、まだか？」

と添田刑事が声をかける。

「もう大丈夫です。いつかかって来ても、テープに取れますよ」

「ＯＫ。では待ちましょう」

「何もお構いできなくて申し訳ありません」

と僕は言った。「何しろ、使用人がみんな休みを取っているものですから」

「いや、どうぞご心配なく」

と添田刑事はソファに腰をおろした。

「──社長」

と、吉野が声をかけて来た。

「ああ、君はもうあっちへ行ってくれないか。僕と美奈子のことは、病気とか何とか、巧《うま》く話してくれ」

「かしこまりました」

吉野は馬鹿丁寧に頭を下げて、出て行った。

「──奥さんも不運ですね。お父さんをなくされた上に……」

「全くです」

「誰《だれ》かお心当りはありませんか。最近この辺をうろついていたとか……」

「さあ。僕は何も気付きませんでしたが……」

「個人的に奥さんやあなたを恨《うら》んでいる人はありませんか?」

「まあ社長業なんて、多少は人に恨まれるものですよ」

と僕は肩をすくめて見せた。「家内はどうでしょうか……。ともかく、誰からも愛される性格で、家内を恨むなんて人間は、よほど狂ってるとしか思えません」

いかに演技とはいえ、ここまで言うのは、容易なことではなかった。やはり僕は根が正直なのだろう。

その後、添田刑事は、僕に美奈子のことをあれこれと訊いた。細かいことばかりで、大して重要でもないようなことだったが、せっせとまめにメモしている。よほど暇なのか、それとも電話を待つ緊張を少しでも和らげるためだったのかもしれない。

吉野が出て行って三十分が過ぎた。

「もうお昼ですな」

と添田刑事が言ったとたん、電話が鳴った。居間にいた刑事たちが一斉に色めき立つ。

「――落ち着いてしゃべって下さいよ」

と、添田刑事は言った。「――さ、どうぞ」

僕はそっと受話器を上げた。

「もしもし」

と、僕が言った。

「池沢さんだね」

低い男の声。びっくりした。吉野の奴《やつ》、やるじゃないか！

「そうだ」

「奥さんは預かってるぜ」

「要求を言え」

相手が低く笑う。その声は正に、誘拐犯らしい、不気味なものだった。

こいつはアカデミー賞ものだ。

「金を用意しろ」

「今日は土曜日で、もう銀行は――」

「分ってるさ。こっちは急がねえ。月曜日に一億円、揃《そろ》えてもらおう」

「一億?」

吉野の奴、話が違うぞ! 仕方ない。こっちが合せる他はないのだ。

「分ったよ」

「その先はそれからだ。また夕方に電話するぜ」

電話は切れた。

「だめだな」

と添田刑事は首を振った。「時間が短くて逆探知は無理です」

僕は、受話器を戻して考え込んだ。今のは、本当に吉野の声だろうか……。

7　ベッドの下で眠れ

僕は、誘拐というのはつくづく大変な犯罪だと思う。何しろ死人を誘拐するだけだってこの苦労だ。生きている人間を誘拐するなんて、どんなにか大変だろう。

ともかく、殺してしまった女房を誘拐する、という計画は、一応順調に進んでいる。もっとも、これで身代金を払ったら、その金はまた僕が受け取ることになるのだ。これは脱税になるのかしら？

ま、そんなことはどうでもいい。

「――今の犯人の声に聞き憶《おぼ》えはありませんか？」

と、添田刑事が言った。

「さあ……」

僕は首をひねる。もちろんあれは吉野の奴の作り声……だと思うのだが、それにしてもあんなに違う声が出るものだろうか？

もしかすると、吉野の奴には、隠れた、腹話術師の才能があるのかもしれない。今度確かめてみよう、と僕は思った。

「思い当りませんね」

と、僕は添田刑事に言った。

「そうですか。――それで、どうなさるつもりです?」

「どう、って……」

僕は返事に窮した。どうすりゃいいかを考えるのが警察の仕事じゃないのか。こっちに訊かれたって困る。何のために高い税金を納めているんだ!

段々腹が立って来て、僕は添田刑事をにらみつけた。向うも、わけが分らずににらまれて、びっくりしただろう。

「つまり、その……身代金のことです。払いますか?」

「ああ、そのことですか。そりゃ仕方ありませんよ。たかが五千万ぐらいのことで、愛する妻を見殺しにはできません」

〈愛する〉は余計だったかな。

「五千万?　一億という要求だったんではありませんか?」

しまった!　吉野と打ち合せているのが五千万円だったので、ついそっちが口から出てしまったのである。全く、吉野の奴、勝手に値上げしやがって!

「そ、そうです。もちろん一億です。つい、その――二回払いぐらいにするかな、なんて考えてたもので」

「身代金の分割払いというのは、あまり聞きませんね」

と添田は言った。「しかし、いずれにしても、大した金額ですな。私はその十分の一でも払えませんよ。いくら女房が人質になっていても」

「すると見殺しにするとおっしゃるんですか？　それはちょっとひどいじゃありませんか！」

僕はまた腹が立って来た。「奥さんと巧く行ってないんですか？」

「いや、とんでもない。実にいい女房ですよ。顔こそ十人並だが、家計簿のつけ方が天下一品です。それに、冷凍食品を電子レンジで温めることにかけては、天才的なのです」

あんまり理想的な主婦とも思えなかったが、それにしても、この刑事も変っている。誘拐事件の捜査に来て、女房のことをのろけてるなんて。

「次の電話は夕方でしたな」

突然、事件の話に戻る。

「そう言っていましたね」

「その間に、調べておきたいことがあるのですが」

「トイレならその奥です」

「いや……事件のことです」

「はあ、そうですか」

どうも、妻を誘拐された夫と、刑事の対話としては、緊迫感に欠けているが、ま、現実はTVドラマのようには行かないものだ。

「この事件には変った特徴があります」

「というと？」

「つまり、誘拐というのは、普通、外出中を襲われるものです。人気のない道とか、山の中とか」

「美奈子は山が嫌いでした。虫に刺されるとすぐにはれ上るんです。皮膚が弱いんです」

面の皮は厚かったが。

「ま、それはどうでもよろしいのです。私が申し上げたいのは、自宅から誘拐されるというのは、非常に珍しい。私も聞いたことがありません」

なるほど。――この刑事、馬鹿みたいに見えるが、どうして、なかなか鋭いところもあるようだ。

「しかも、一人でおられたというのならともかく、ご主人が一緒に寝ておられて、誘拐されたというのは……」

「いや、一緒に寝てたわけじゃありません。寝室は別にしていたんです」

「ほう」

添田刑事は興味をひかれた様子で、「すると何かその――夫婦仲が巧く行っていなかったとか？」

と、ちょっと疑わしげな目付きで僕を見る。

「いや、決してそんなことはありません！」

僕は、あわてて言った。「実は――美奈子は非常にデリケートな性質でして。僕がその――ちょっと歯ぎしりなどするものですから、そのせいで眠れないと言いまして。それで寝室を別にしたというわけです」

「なるほど。それで分りました」

添田は肯いて、「では、その奥さんの寝室を拝見したいのですが」

「どうぞ、ご案内します」

僕は立ち上った。

もちろん、こう来ることは予期していた。むしろ、いつ言い出すかと待ち構えていたぐらいである。

二階へ上ると、僕は寝室のドアを開けた。

「ここが美奈子の寝室です」

「なるほど。――そのときのままですか？」

「ええ。手は触れていません」

「荒らされた形跡はありませんね」

と、添田は部屋の中を見回した。

「きっとピストルか何かを突きつけられたんでしょう」

「そうかもしれませんね。犯人はどこから入ったのでしょう？」

「さあ、それは……。たぶんどこかの窓とか——」

「調べてみる必要がありますね」

そう言ってから、添田刑事は、ふと気付いたように、「ところで、ご主人の寝室はどこです？」

と訊いた。

「この向いの部屋です。ご覧になりますか？　構いませんよ」

僕としては、むしろ見てもらいたかったのである。それを予期して、吉野と二人で、使っていなかったベッドをせっせと運び、即席に寝室を一つこしらえたのだから。

やはり、人間、苦心の作は、人に見てほしいと思うものなのだ。

「ぜひ拝見したいですね」

と添田刑事は言った。

「どうぞ」

　僕は廊下へ出て、向いのドアを開けようとした。

「待って下さい」

　と、添田刑事が言った。「──今、十二時半です」

「はあ」

「昼食の時間だ。すみませんが、ソバか何かを取ってくれませんか。その部屋は昼食の後で見せていただきます」

　と、さっさと階段の方へ行ってしまう。

　僕は呆気《あっけ》に取られてそれを見送っていた。日本の警察はこんなことでいいのか！

　一応、一億円の身代金を払おうというのに、もりソバでは格好がつかないので、うな重を注文した。刑事たちは大喜びで、

「一杯やりたいね」

　などと言って、添田ににらまれていた。

　玄関のチャイムが鳴った。出て行くと、吉野が立っている。

「おい、どうした？」

　と僕は訊いた。

　吉野は、髪はメチャメチャ、ネクタイは曲り、上着の裾《すそ》には泥がこびりついて、何ともひどい様子だったのだ。

「申し訳ありません、社長！」

と、吉野は頭を下げた。「打ち合せ通りに電話をかけようとしたんですが――」

「おい、こんな所で――」

と僕はあわてて玄関から出て、ドアを閉めた。「中の刑事に聞こえるじゃないか！」

「す、すみません」

吉野は、すっかり混乱している様子だった。

「どうしたんだ、一体？」

「はあ、車が道端へ突っ込んでしまいまして」

「車が？」

「そうなんです。いや、無謀運転ではありません。目の前にいきなり自転車が飛び出して来たんです。それで急ハンドルを切ったら、道端へ突っ込んでしまいまして……」

「けがしなかったのか？」

「幸い、無事でした。自転車の方は、涼しい顔で行ってしまいまして……。全く、図々しいガキだ！」

「そうか、大変だったな」

と僕はねぎらった。「しかし、計画は順調に進んでいる。心配しなくても大丈夫だぞ。あの誘拐犯は名演だった」

吉野はポカンとしていたが、

「あの誘拐犯？　というと……」

「お前の電話さ。真に迫って、すばらしかったよ」

「私はかけてませんが」

「そうか。まあいい。ともかく中へ入って……今、何と言った？」

「電話できなかったんです。その事故のおかげで」

「そんな馬鹿な！　しかし脅迫電話はかかって来たんだぞ！」

「私ではありません」

「じゃ、あれは誰なんだ？」

僕と吉野は、しばし呆然《ぼうぜん》と顔を見合わせて突っ立っていた……。

わけが分らない、というのは、何事によらずいやなものだ。

僕も、学生時代、いつも数学の時間に、そういう気分を味わったものである。

「――勝手にお茶をいただいていますが」

居間へ戻ると、添田刑事が、楽しげに言った。まるで何かのお祝いの会でもやってる感じだ。

「どうぞ、どうぞ」

と、言って、僕は一人で二階へ上った。

事態は思いもかけない方へ進展している。これは一体、どう考えればいいのだろう？

美奈子の誘拐計画を知っているのは、僕と祐子の他は、吉野しかいない。しかし、あの電話をかけて来たのは、明らかに祐子でも吉野でもないのだ。

「こんなことってあるか！」

と、僕はやけになって呟《つぶや》いた。

一人になって、ゆっくり考えてみたかった。いや、本当なら、祐子に考えてほしかったのだが、今は祐子はいない。

せめて、考える真似《まね》だけでもして、気休めにしよう、と、わびしいことを考えていたのである。

二階へ上って、ちょっとためらってから、さっき入りかけてやめた、「僕の寝室」のドアを開けた。

まあ、やっつけ仕事にしては上出来だろう。一応、寝室といっておかしくない調度は揃っている。

僕は、椅子《いす》の一つに腰をかけた。――ここに祐子がいてくれたら。

僕にとって、祐子が欠くことのできない存在であることを、こんなに痛切に感じたことはなかった。

「――祐子」

と、僕は口に出して呟いた。

「何かご用?」

「うん、ちょっと相談が――」

僕は振り向いて、仰天した。ドアから、祐子が顔を覗《のぞ》かせているのだ。

「祐子! どうしたの?」

「しっ! そんな大声出して」

とたしなめると、祐子は中へ入ってドアを閉めた。

「下に刑事がいるんだよ」

「分ってるわ。ちゃんと挨拶《あいさつ》して来たもの」

「挨拶?」

「私はあなたの秘書よ。奥さんのお父様の葬儀においでにならないので、様子を見に来たって、ちっともおかしくないでしょ」

「そりゃそうだな」

「どうしたの?」

祐子は僕の方へ寄って来て、「キスしてくれないの?」

と囁いた。

もちろん、相談すべきことはあったが、キスするぐらい五分も十分もかかるわけじゃない。僕は祐子をかき抱いた。

「――ねえ」

祐子の声が変った。「何だか変よ」

「そうなんだ。計画が予定とまるで違う方へ進んでる」

「話して」

僕が状況を説明すると、祐子も、戸惑った様子だった。

「変ね。そんなことを誰が……」

「さっぱり分らない。お手上げだよ」

「しっかりして！　ともかく、奥さんと、あの浮浪者の死体は地下室へ隠したんだから、問題ないわよ。見付かりっこないわ」

祐子の言葉は、どんなドリンク剤よりも僕を元気づけてくれる。

「ねえ、ちょっと思ったんだけど……」

「何だい？」

「吉野さんって人、信用できる？」

「吉野？　そりゃ、ちょっと頼りない奴だけど、変なことを企《たくら》むようなことはしないよ」

「そうかしら」

祐子は考えながら、「あなただって、吉野さんのことを何でも知っているわけじゃないんでしょ？」

「そりゃそうだけど……」

「人間を外見通りだと思ってると間違いよ。表面、間の抜けたように装っていても、本当は抜け目のない人かもしれないわ」

「吉野が？」

まさか、とは思ったが、しかし、そのまさかがときには現実になることもある。

「ともかく、私たちの他に、計画について、少しでも知っているのは吉野さんだけなんだもの。——要注意よ」

「なるほど。じゃ、どうしようか？」

「さし当りは、何も気付かないような顔で、今まで通り振る舞っていた方がいいわ。私が気を付けてるから」

「頼むよ。君が頼りだ」

我ながら情ないとは思うのだが、しかし、祐子なしでは何もできない。

「私、下で誘拐の話を聞いて、びっくりして見せたの。ここでも、刑事たちにお茶出したりする用があるから、私はここにいることにするわ」

「そりゃ助かるよ！」

と僕は祐子を抱きしめようとした。

「だめよ」

と、祐子は笑って逃れた。「こんな所へ刑事さんが入って来たらどうするの？」

「失礼しました、って出て行くさ」

祐子は軽く笑って、僕の手からスルリと逃げると、吉野と運んで来たベッドに座り込んだ。

「よくやったわね、この部屋」

「だろう！　大仕事だったんだ」

「このベッド、新しいの？」

「いや、昔、僕が使ってたやつなんだ。今は物置に――」

「ねえ」

祐子は、鋭い声で遮った。「あの鏡……」

「え」

「鏡に、このベッドが映ってるの」

「そりゃ鏡だから映らないと困る」

「何かあるわ、ベッドの下に」

「ベッドの下？　おい、よせよ。美奈子の死体はもう片付けたよ」

「覗いてみて」

祐子の声は、真剣そのものだ。僕は仕方なく床に膝《ひざ》をついて、ベッドの下を覗き込んでみた。

あんまり会っても嬉《うれ》しくない顔がそこにあった。——あの浮浪者である。

8　悲しい星の下に

「誰かが、私たちのやっていることを、どこかから見ているのよ」

と祐子は言った。

さすがに、祐子も途方にくれている様子である。それはそうだろう。現に地下室にあるはずの浮浪者の死体が、二階へ上って来ているのだから。

しかも、ベッドの下にだ。ベッドこそ別だが、美奈子の死体を隠したのも、ベッドの下だったことを考えると、これをやった奴は、美奈子の一件の方も知っていると考えるべきだろう。

「ねえ、落ち着いて考えましょう」

と祐子は言った。「確かにこの死体は地下室にあったわよね」

「間違いないよ。君も見たじゃないか」

「ええ。それがいつの間にかここへ移って来ている。誰かが運んだはずだわ。死体が自分で歩くはずはないんだから」

「うん」

「ということは……私たちが計画を立て、奥さんの死体を地下へ運んで、その後、誰かがこれをやったのよ。やっぱりそうよ。――分るでしょ？」

「なるほど」

と僕は肯いた。「よく分らない」

「吉野さんよ！　他にこんなことをする人が考えられる？」

「吉野が……」

「だってそうでしょ？　私の力じゃ、とてもこんな重い死体を運んじゃ来られないもの」

「まさか君がやるわけないよ」

「そうなると、もう吉野さんしかいないじゃないの」

なるほど。彼女の説明は実に論理的で、明快で、僕のように非論理的な人間にも、容易に理解できた。

要するに悪いのは吉野の奴なのだ！

「吉野をクビにしよう」

と僕は言った。

「すぐに経営者的な発想をするのね。それがいけないのよ」

と、祐子は手厳しく言った。

しかし、同じ手厳しさでも、美奈子と祐子では、こうも違うのである。美奈子の場合は殺意を呼び起こしたが、祐子の場合は、抱いてキスしたくなるのだった。僕はちょっとおかしいのかな？

「吉野さんがなぜそんなことをしたのか、そして目的は何なのか、知る必要があるわ。たぶんお金だと思うけど」

「給料を倍にしてやるか」

と僕はまた経営者的発想になってしまう。

「たぶん、吉野さんは真相を感づいてるのね。だって、浮浪者の死体を見付けたってことは、奥さんの死体も見付けたってことでしょう。だから、あなたの計画を手伝うふりをして、口止め料として身代金をせしめるつもりなんだわ。この死体をわざわざ運んで来たのも、きっと私たちに、何もかも知ってるんだぞ、って分らせるためなのよ」

「そうか。――恩知らずめ！　成敗してくれる！」

今度はＴＶ時代劇の影響だ。どうも、僕の繊細な感受性は、すぐに影響を受けてしまうらしい。高感度アンテナみたいなものだ。

「だめよ！　気付かないふりをして、出方を見るの。分った？」

「しかし……」

裏切り者と分っている男に、今まで通り、笑顔を見せていられるほど、僕はすれていない。純情なのだ。自分で言うのもなんだけど。

「ね、分った？」

祐子が微笑《ほほえ》みながら、僕にキスした。これで分らないと答えるほど、僕はひねくれてはいない。素直なのだ。

「分った」

と、答えて、もう一度祐子にキスをした。

そのとき、

「やってますな、ご両人」

と、声がした。

ハッとして振り向くと、いつの間にかドアが開いていて、背広姿の男が、ニヤニヤ笑いながら立っていたのである。

「いや、どうぞ私に構わず続けて下さい」

男は入って来ると、ドアを閉めた。

「あなた、刑事さんね」

と、祐子が言った。

そうか。どこかで見た顔だと思った。添田刑事の部下の一人だ。ちょっと人相の悪い刑事だった。

「ドアを開けるときはノックぐらいするもんですよ」

僕は、他に何も思い付かないので、多少この際、的外れかなと思ったが、一応文句を言うことにした。

「これは失礼」

刑事の方は、一向に申し訳ながっているようには見えなかった。「しかし、人に見られたくないことをやるのなら、ドアに鍵《かぎ》をかけるとか、気を付けるべきですな」

なるほど、それももっともだ。いや、感心している場合ではない。この男は、僕と祐子がキスしているのを見てしまったのだ。

それはつまり、僕と祐子が恋人同士であるということを知られたのと同じである。

日本では、恋人か夫婦以外の男女がキスすることは、商売上必要な俳優などを除けば、あまりないのだから、仕方ない。

　そうなると、美奈子を誘拐したのも、実は僕と祐子ではないかと疑われることにもなりかねない。もちろん僕は美奈子を誘拐してはいない。殺しただけだ。しかし、それで警察が納得してくれるとは思えなかった。

「ええと……刑事さん」

　何を言うか考えてもいなかったが、ともかく口を開いた。だが、刑事の方は僕のことは気にもしていない様子で、

「やあ、見違えたぜ」

と、失礼なことに、なれなれしく祐子へ声をかけた。

「え？」

「忘れたのかな。それとも忘れたふりをしてるのか、智枝《ちえ》」

　祐子が、ハッと息を呑《の》んだ。

「あなたは……織田《おだ》……」

「そう、あの頃は制服を着てたからな。思い出したか？」

　何とも感じの悪い男だ。彼女のことをチエとか何とか、漫画の主人公みたいな名で呼びやがって。

「下で見たときに、どこかで見た顔だと思ったんだよ。ずっと考えて、やっと分った。

いや、何とも取り澄ました顔をしてるじゃないか」

織田とかいうらしい、その刑事は、いかにもその下劣な品性を思わせるにふさわしい、いやな笑い方をした。

「あなたも出世したようね」

「多少はね」

織田は肩をすくめ、「しかし、こちらの人のように、億って金をポンと出せるところまでは、とてもとても……」

と僕の方を顎《あご》でしゃくった。

全く、礼儀を知らない奴だ！

「ところで今は早川祐子って名乗ってるようだな。何を企んでるんだ？」

と、厚かましく彼女の顎を指でヒョイと引っかけた。

「やめてよ！　私は何も――」

「いい子ぶったってだめさ。偽名を使って、しかも雇主と恋仲で、その奥さんは誘拐されている。――偶然とは思えないね」

祐子は黙って唇をかんだ。

「だが、俺《おれ》も昔よりは少々話が分るようになったんだ」

と、織田は言った。「人生は金だ、ってことも身にしみて分ったし、条件次第じゃ、多少のことには目をつぶるのが利口な生き方だってこともね。お前のことも、すぐには添田さんへ報告したりしない。そっちにも色々事情があるだろうからな」

「ありがたい話だわ」

と、祐子は言った。

「じゃ、失礼するよ。ゆっくり相談するといい」

織田という刑事は、およそTVの悪代官役にぴったりの笑い顔を見せて出て行った。

「——何だい今の男は？　税金で食ってるくせに、感じの悪い奴だなあ」

祐子は、と見ると、ちょっと青ざめた顔で、ベッドに腰をかけると、じっと顔を伏せた。

「どうしたんだ？」

と僕は声をかけた。「気分でも悪いの？」

「——もうおしまいだわ」

と、祐子は呟くように言った。

「おしまい？　何が？」

「私たちのこと。——もうお会いできないわ、私」

「何を言ってるんだ？」

「あの男が言った通り……早川祐子というのは、偽名なの」

「ギメイというと……氏名のニセモノのこと？」

ちょっとややこしい説明だったが、祐子はゆっくり肯いた。

「じゃ本当の名前は？」

「水野《みずの》智枝というの」

恋人の名前が急に変るというのは、どうも妙な気分である。——水野智枝、水野智枝、水野智枝。せっせと頭へ叩《たた》き込む。

「で、あの男は……」

「私、昔、非行少女だったの」

「非行？」

「父は大酒飲みで女遊びがひどくて、母は病気。——私は家がいやで、家出してぐれていたの」

「そう……。でも、それは社会が悪いんだよ」

「そう言ってくれると、余計に辛《つら》いわ。私……補導されて、そのときあの織田という男が担当だったのよ」

「君の過去を知ってるってわけだね」

「そうなの。——でも、私、改心して、それからは何も悪いことなんかしていないわ、本当よ」

「もちろん信じてるよ！」

「でも、もし私が偽名を使ってることが分ったら、私が疑われるわ」

「そんなこと――」

「絶対よ！　あなたにまで迷惑がかかるわ。別れましょう」

「何を言ってるんだ！　僕は君なしじゃ、何もできないんだよ」

これは正に本音だ。「あの織田って刑事に、君がもう悪いことなんかしていないと納得させりゃいいんだろう？」

「そう簡単じゃないわ。あの言い草を聞いたでしょ？『人生は金次第だ』とか、『物分りが良くなった』とか。――要するに金をよこせば黙っててやるって意味なのよ」

「刑事が？――そいつはけしからんじゃないか！」

こっちも人殺しをやっているのだから、あまり威張れないが、やはり、刑事が口止め料をよこせとは、許せない話である。

「仕方ないわ。こっちは弱味を握られてるんだし」

「どうする？」

祐子は――いや、水野智枝は、しばらく考え込んでいたが、やがて僕を真直ぐに見つめて言った。

「あの人にも死んでもらうしかないわ」

9　死体を動かす

早川祐子改め、水野智枝の言葉は、僕を驚かせた。

それはそうだろう。いくら何でも、可愛《かわい》い、僕の愛《いと》しの祐子が――いや智枝が、どうも急に名前が変っても、ついていけない――まさか。

「あの人にも死んでもらうしかないわ」

などというセリフを口にしようとは、予想もしていなかったのだ。

僕が目を丸くしたのも当然のことだろう。前の章からずっと丸くしていたので、なかなか元に戻らなくなった……。

「ねえ祐子――あ、いや、智枝か」

「だめよ！　智枝なんて呼んだら、他の人が変に思うじゃないの」

「あ、そうか」

「もう私は生れ変ったから、智枝じゃないの。早川祐子よ」

「なるほど」

彼女の言う通りだ。で、ここからまた彼女の名は早川祐子に逆戻りすることになる。

「でも――ねえ、相手は刑事なんだよ。どうやって死んでもらうんだい？」

「それをこれから考えるのよ」

と智枝——いや祐子は言った。ああ、ややこしい！

僕とて、ここまでの間に、妻の美奈子を殺し、あの浮浪者の死体を片付け、狂言誘拐を計画し、と色々、経験を重ねて来た。何だか、もう、一冊くらいの自伝を出せそうな気さえする。

しかし、その豊富な経験をひもといても、

「刑事に死んでもらう方法」

というのは出ていないのである。

もちろん、すぐにいくつかの方法は思いつく。あの織田という刑事のところへ行って、

「お忙しいところすみませんが、ちょっと死んでいただけませんでしょうか」

と頼むのも一つの手である。

もっとも、これで向うが死んだら、こっちがびっくりしてしまうが。

「——ともかくはっきりしていることがあるわ」

と、祐子は言った。

「昼飯を食べてないってことかい？」

「違うわ。この家の中で、今、あの人を殺すことはできないってことよ」

「なるほど」

「刑事があんなにウヨウヨいるんだものね。ここで事件は起こせない。——そうなると、織田刑事に対しては、二つの段階での対応が必要になるわ」

祐子は、いつの間にか、会議でもしているような口調になった。

「一つは?」

「第一は、差し当り、向うの言うなりになると見せかけて、口をつぐんでいてもらうことよ」

「第二は?」

「刑事たちが引き上げて、大丈夫となってから、何らかの方法で、織田を殺すことよ」

祐子は、まるでホットケーキの焼き方でも説明するようにさり気なく、言った。

次は器に盛ります、と彼女がどうして言い出さないんだろう、と不思議な気がした。

「ねえ、私のこと、悪い女だとか、怖い女だと思わないでね」

祐子は僕の胸に身を投げ出して来た。「私だって、こんなことしたくないのよ! 怖くてたまらないの、こんなに震えてるでしょう?」

確かに、僕の腕の中で、祐子のか細い、愛しい体はわなわなと震えている。

「もう、私のことがいやになった?」

「とんでもない！」

僕は力を込めて彼女にキスした。

「私たちが幸福になろうとするのを邪魔するものは、何としてでも取り除かなきゃ！

そのためには心を鬼にして、あの刑事を殺すしかないのよ」

「あの刑事を殺すのなら、何も鬼にしなくたっていい。ネズミくらいで充分だよ」

と僕は言った。

祐子は笑ってキスを返して来た。

「頼もしい人ね。大好きよ」

こう言われて、人の一人ぐらい殺せない奴がいたら、お目にかかりたいものだ！

「じゃ、早速殺して来るよ」

と僕はドアの方へ歩きかけた。

「待って！　今はだめよ！」

祐子があわてて僕の腕を取って引き止める。「――いい？　ともかく差し当りは、
あの刑事を丸め込むのよ」

「どうやって？」

「それは任せて。私が巧くやるわ」

このセリフを聞くと、僕は母の子守唄《こもりうた》を聞いた子供のように、安心するのだ。

「問題はこの浮浪者の死体ね」

と、祐子がかがみ込んで、ベッドの下を覗いた。

「まだいるかい？」

「死んでるんじゃ、どこへも行くわけないでしょ」

祐子は立ち上って、「——この部屋は、もう刑事たちが見たの？」

と訊いた。

「いや、まだだよ。昼食の後でってことになってる」

「じゃあ、何とかしなきゃ！　調べられたら、いっぺんに見付かっちゃうじゃないの」

「あ、そうか」

僕としたことが（僕だからこそ、かな）うかつだった！　そんなことに気付かなかったのだ。

「じゃ、どうしよう？」

「困ったわね……もうそろそろ下は食べ終るかもしれないわ。地下室へ運ぶには一階を通るから危ないし……」

「どこかへ一時しまっといて……。でも、引出しには入らないからなあ」

「ねえ！」

と祐子が指を鳴らした。「奥さんの寝室は？　調べた？」

「うん、さっきね」

「じゃ、そこがいいわ！」

と、祐子は言った。「一度調べたところですもの。安全よ」

「なるほど」

祐子は天才だ、と僕は感嘆した。「じゃ、美奈子のベッドの下に？」

「それが一番いいでしょうね」

「よし、運ぼう」

「早い方がいいわ！」

二人して引っ張ると、かなり楽である。浮浪者の死体は軽くはないが、もう大分硬直しているのか、ぐったりしてはいないので、却《かえ》って扱いやすい。

ドアの前まで引っ張って行って、

「待って」

と、祐子がドアを細く開け、外を覗く。「――大丈夫よ」

こうして廊下へと、浮浪者の死体を引きずり出す。祐子が、向い合せのドアを開ける。

「早く早く！」

祐子がせかせる。こうして、浮浪者の足を一本ずつ持ち、美奈子の寝室へと引きずり込もうとしたとき、

「——社長、そこですか」

と声がした。

吉野が階段を上って来るのが見えた。

あいつ！　人の邪魔しかしない奴なのだから！

「早く！」

と祐子が声を低くして、「中へ入れるのよ！　早く！」

そうなると、突然、浮浪者の死体が重くなったように感じられる。ズルズルッと音を立てて、浮浪者の死体が、美奈子の寝室の中へ——吉野の頭が見えて来る。

「このままにして！」

祐子と僕が廊下へ飛び出してドアを閉めるのと、吉野の奴が顔を出したのと、同時であった。

「あ、こちらでしたか」

こちらでしたか、もないもんだ！　僕は吉野をぶん殴ってやりたかった。

こんな事態に僕らを追い込んだのは、この吉野に違いないのだ。祐子がそう言っているのだから、確かである。

「落ち着いて」

祐子が囁いた。——僕はハッとした。そうだ。ここは、平静を装わなくてはいけない。

「何か用かね、吉野君？」

いささか気取り過ぎの気はあった。

「下で、あの刑事が呼んでいますが」

「分った。行くよ」

「私、お茶をいれかえてあげなくちゃ」

と、祐子は、先に立って階段を軽やかに降りて行った。

「社長、どうなさいました？」

と吉野が言い出した。

「どうって？」

「息を切らしておられますが」

「う、うん……。今、ちょっと考えごとをしてて疲れたんだ」

「そうですか」

僕は吉野と一緒に階段を降りながら、

「これからどうなるのかな」

と言った。

「脅迫電話をかけたのは、誰なんでしょうねえ」

と、吉野は首をかしげた。

「夕方に、もう一度かかって来る」

「今度は何の連絡でしょう？」

「僕が知ってるわけはないだろう」

「妙ですねえ」

と吉野は、しきりに首をひねっている。――この、タヌキめ！

今に見てろよ、と僕は心の中で呟いた。

居間に入って行くと、添田刑事がやって来た。

「どうもごちそうになりまして」

「いいえ」

そんなことを言うために呼んだのか？

「実は、犯人の電話を待つ間、全員がここにいても仕方ありませんから、二人ほど残して、他の者は、一旦《いったん》引き上げようと思うのですが」

「帰るんですか？」

僕はいささか心外だった。「可哀《かわい》そうな美奈子が、今、どこでどんな仕打を受けているかもしれないっていうのに――」

「いや、もちろん捜査は進めます」

と添田はあわてて言った。「しかし、ここでじっとしていても仕方ありませんからね」

「分りました」

「夕方、早目にこちらへ戻ります。犯人からの次の電話には間に合うでしょう」

と添田は腕時計を見て言った。「もちろん万一早く犯人からの電話があっても、二人残っていれば、ちゃんと対処できますよ」

「じゃ、どなたが――」

「池山《いけやま》というのと、それから、織田の二人を置いて行きます」

織田だって？　あの、祐子を恐喝しようとしている、悪い刑事ではないか。

「二人ともベテランです。安心して任せておいて下さい」

と、添田が言う。

冗談じゃないよ、全く！　僕は、刑事たちにお茶を出している祐子の方へ目を向けた。祐子は、至って落ち着いた様子で、お茶を注《つ》いで回っている。

全く大した度胸である。

「あの――社長」

と吉野が言った。

「何だ！」

「私はどういたしましょう？」

好きにしろ、と言いたかったが、待てよ、と思い返す。こいつが僕を裏切っているのなら、目の届く所に置いていた方が安心である。

「ここにいてくれると、何かと心強いな」

「では、そういたします」

内心はどう思っているのか、吉野は素直にそう言った。

「――ああ、忘れるところでした」

と、添田が言った。「ご主人の寝室を、ちょっと拝見していいですか？」

「ええ、どうぞ」

と僕は言って、先に立って階段を上った。

「――何もありませんけどね」

死体は片付けましたし、とつい言いたくなる。――僕は天邪鬼《あまのじゃく》なのかな。

「部屋がこんなにあるとは、凄《すご》いですなあ」

と添田が言った。「私の所など、ここに比べたら、マッチ箱ですよ」

添田が、美奈子の寝室のドアを開けようとしたので、僕はあわてた。浮浪者の死体をドアのすぐ前に置いたままだ！

「あの――こっちですよ、僕の寝室は」

「あ、こりゃ失礼」

開きかけたドアを、添田はまた閉じた。「ひどい方向音痴でしてね。よくこれで刑事をやってられると思いますよ」

全くだよ！　こっちの心臓にも悪い。

僕は、自分の寝室のドアを開けてやった。


添田たちが一旦引き上げて行くのを見送って、僕は、居間へ戻って来た。

池山というのは、まだ若い刑事で、例の、織田がソファに寝そべって雑誌などを眺めている間も、電話の録音装置を点検したりしている。

同じ刑事で、こうも違うものか、と僕は思った。

こうしていても仕方ない。僕は、二階へ上った。あの浮浪者の死体を、美奈子のベッドの下へ押し込んでおかなくてはならない。

美奈子の部屋のドアを開けると、祐子が立っていた。

「――あれは？」

「私一人で何とか動かしておいたわ」

祐子は軽く息を弾ませている。

「大変だったろう!」

「何とかなるものよ、その気になれば」

祐子はベッドに腰をかけた。

「これからどうする?」

「そうね……。まず向うの出方を見ないと。犯人が夕方の電話で何と言って来るのか……」

「金は月曜でなきゃおろせないんだ」

「向うもそれは分ってるのよね。でも、なぜ電話して来るのかしら? 逆探知される危険だってあるのに」

「そうだなあ。——しかし、かけてよこすからには、何か理由があるんだよ、きっと」

「それは待つしかないわね」

と、祐子は言った。「それより、織田との話をつけなくちゃ……」

何かを決心したときの祐子の顔は厳しい。僕の腕の中で甘えて来る祐子とは別人のようだ。しかし、この祐子もまた、魅力的ではあった。

「池沢さん!」

と、声がした。僕と似た名の池山刑事である。

「──何ですか？」

とドアを開ける。

「電話です！　鳴っています。出てみて下さい！」

「でもまだ時間は──」

「ともかく早く！」

僕はせかされながら、階段を降りて行った。

10　消えた刑事

「──申し訳ありません」

と、池山刑事は頭をかいた。

「なあに、構いませんよ」

僕は至っておおらかなところを見せた。ワッハッハと笑おうかと思ったが、考えてみたら、僕は今、女房を誘拐されているはずなのだ。笑うのはまずい、と気付いて、

「ワッ」

だけ言って、口を閉じた。

池山刑事が詫《わ》びているのは、要するに、急いで出た電話が、株を買わないかというセールスだったからである。

それにしても、最近のセールスマンは無精になったものだ。

僕は居間を出ようとした。

「失礼——」

と、織田が伸《の》びをしながら言った。「なあ池山」

「はい」

「コーヒーが欲しいところだな」

「そうですね」

「お前、ちょっと車で行って買って来いよ」

「コーヒーをですか?」

「この先のドライブ・インで売ってたぜ」

「でも……電話が……」

「俺がついてる。任せとけよ。こんな物、一人いりゃ充分だ」

「分りました」

池山という若い刑事は、言われるままに、家を出て行った。車の音が遠ざかる。

「——お座りなさいよ」

と、織田が言った。

「僕に話でも？」

「もちろんですよ。でなきゃ、どうして池山を使いに出しますか」

織田はタバコをくわえて火を点《つ》けた。「――どうです、あの智枝は」

「彼女の名は早川祐子です」

「ああ、そうでしたね、今は」

織田は愉快そうに、「――どんな名前でも、智枝は智枝です。私にとっちゃね」

「刑事さん」

僕は怒りを抑えて言った。「いいですか、彼女はもう立派に立ち直っているんです。それなのに昔のことを暴き立てることはないじゃありませんか」

この正論の前には、どんな反論もあり得ない、と僕は信じていた。――事実、反論はなかった。

ただ、織田は声を上げて笑ったのだった。

「いいですか」

織田は僕を愉快そうに眺めながら、「あなたはかなり彼女にいかれておられるようですが、忠告しておきますよ。あの女は、男を手玉に取って生きて来たのです。あなたのような、金のある、単純なお人好しなどは、正に絶好のカモですよ」

「ご心配はありがたいですが――」

と立ち上ろうとした僕の肩を、織田はぐっと押えた。いくら落ちぶれたとはいえ、やはり刑事だ。力はあって、僕はソファにまた座り込んだ。

「悪いことは言いませんよ」

と、織田は言った。「あの女と組むのはおよしなさい。あなたの命にかかわる問題ですよ」

「大きなお世話ですよ」

「なるほど」

織田は肯いて、「これはかなり重症かもしれないな。もう手遅れでないといいんですがね」

織田は、僕が黙っているのを、しばらく眺めていたが、その内、僕の方へ素早く寄って来た。僕はギョッとして逃げようとした。

「いや、ご心配なく。何もしませんよ」

と織田は軽く笑った。

そして、不意に真顔になって、言った。

「奥さんはどこです？」

僕はギョッとした。しかし、すぐに平静に戻って、

「誘拐犯に訊いて下さいよ」

と言ってやった。

織田は首を振って、

「あなたのためだ。早くしゃべっちまいなさいよ」

「知らないものは――」

「そうですか。せっかくあなたを助けてあげようとしたのに」

「僕より女房を助けてやって下さいよ。仕事でしょ」

「奥さんは……たぶん、もう死んでる」

と、織田が独り言のように言って、「違いますか?」

「知りませんよ」

「誘拐されたことにして、身代金を払う。だが、もちろん受け取るのもあなただ」

「何の話を――」

「とぼけるのはおやめなさい」

織田は遮った。そして、

「何も、全部よこせと言ってるんじゃない、半々でどうです?　五千万だって、安いもんですよ、刑務所暮しのことを考えれば」

僕は何も言わなかった。返事をするだけむだなような気がした。

それに、返事をするにも、下手《へた》なことを言って足を——いや、尻尾《しっぽ》を出す心配がある。

何といっても、考えるのは、祐子の係である。

「まあいい」

織田は、ニヤリと笑った。「あの女とゆっくり相談するんですな」

しゃくにさわるくらい、こっちの考えていることが分っているのだ！

二階の、美奈子の部屋へ行くと、まだ祐子が待っていた。

「遅かったのね。何があったの？」

「織田って奴としゃべってたんだ」

僕は、織田の話の中身を伝えた。

「そう……」

と、祐子が考え込む。

「どう思う？」

「少なくとも、織田は、私たちが、美奈子さんを殺したと思ってるわ。でも、証拠は何もない。あくまで想像よ」

「うん、それは確かだ」

「あっちの強味は、私の秘密を握っていることだわ。もちろん、それだけで罪にはならないけど、あれこれ探られるし、その内には、この計画もボロが出て来る」

「じゃ、どうしよう？」

「取りあえず、身代金の一部をやると言って、安心させるのよ。それしかないわ」

「どれくらい？」

「半分でもいいけど——あんまり素直に受《う》け容《い》れたんじゃ、却って怪しむわ。ここは、三分の一ぐらいで手を打つのよ」

なるほど、彼女の言葉は実に理屈に基づいていて、説得力がある。しかし、僕はこういう交渉の役というのは、てんで苦手なのだ。

すぐ相手の言い分を鵜《う》呑《の》みにしてしまうくせがある。僕が交渉したんじゃ、身代金を全部、織田へ持って行かれかねない。

「しかし、僕はちょっと……」

と渋っていると、優しい彼女はすぐにそれを察して、

「私に任せて」

と立ち上った。「織田と話をして来るから」

「僕もついて行こうか？」

「いいのよ。一対一の方が話しやすいわ」

「分った。気を付けて」

「大丈夫よ」

祐子は微笑んで、部屋を出て行った。

やれやれ、これで安心だ。――全く、祐子というのは頼りになる。

きっと織田を巧く丸め込んでしまうに違いない。祐子に任せておけば、何もかも巧く行く……。

いささか、我ながら頼りないとは思ったが、人間、向き不向きというものがある。

僕は、仕事や、面倒なことが嫌いなのではない。ただ、「向いていない」だけなのである。

――安心したら、少し眠くなって来た。

疲れているのだ。何しろ昨日以来、僕は実に良く働いている。

少し横になろう。――美奈子のベッドに、僕は横たわった。

そういえば、ベッドの下に浮浪者の死体があったっけ。しかし、そんなこと、構やしないのだ。

ともかく寝よう。

僕は目を閉じた。羊を一つ、二つと数えたとしたら、四つと数えない内に、眠り込んでいたのに違いない。

「――社長！」

という凄い声で、僕はベッドにはね起きた。

「吉野か。――何だ、一体？」

「お電話です」

「代りに出とけよ」

「しかし――」

「そのための秘書だろ」

と僕はまた横になった。

「ですが……誘拐犯からなんです」

僕は起き上った。

「どうして、それを早く言わないんだ！」

――居間へ降りて行くと、祐子が、受話器を持って立っていた。

添田たちも戻って来ていた。もちろん、みんな一言もしゃべらない。

僕は祐子から受話器を受け取った。――祐子が、いやに冷ややかな、固い表情をしているのが、ちょっと気になった。

しかし、こんな場合である。そう愉《たの》しげな表情もしていられないだろう。

添田が近寄って来ると送話口を手でふさいで、

「できるだけ長びかせて下さい！」

と囁いた。

僕は肯いた。そして受話器を耳に当てながら、部屋の中に、あの織田の姿が見えないことに気が付いた。

「もしもし……」

と僕は言った。

「やっと出たか」

その声が言った。「時間がない。逆探知されちゃかなわんからな」

「いや、そんなことはしてないよ」

「分るもんか。——いいかね、一億円だぜ」

「分ってる」

僕は、吉野の方をチラッと見た。この電話をかけているのは、やはり吉野ではないのだ。

「美奈子は無事か？」

と僕は訊いた。死人のことを無事か、と訊くのは、何とも照れくさい。

「ああ、元気だぜ」

と向うはでたらめを言う。

そこへ、添田刑事が、何やら紙を僕の目の前に差し出す。鼻をかめ、というのかと思ったら、〈奥さんと話をさせろと言って下さい！〉と走り書き。それにしても下手な字である。

「あ、あの――美奈子と話をさせてくれ」

無茶を承知で僕は言った。

ところが、向うの男は、

「いいとも。待ってな」

と答えたのだ。

これにはびっくりした。

どうやって死人に口を開かせるのか。呆気に取られて待っていると、

「もしもし、あなた？」

と、女の声が伝わって来た。

誰《だれ》の声だろう？　確かに、美奈子に似た声ではあっても、明らかに別の女だ。おおかた似た声の持主を捜したのだろう。

「美奈子、大丈夫か？」

「ええ、私は何ともないわ」

「心配するなよ、落ち着いて――」

男の声が遮る。

「もう切るぜ。じゃ、一億円。一円たりと欠けるなよ」

と凄んで、それで電話は切れた。

僕は添田の方を見た。

「――希望がありますな」

と添田は言った。「あれだけ時間があれば……」

もう一本、警察用に持って来た電話が鳴って、添田がすぐに出た。

「どうだ？――そうか。仕方あるまい」

「だめですか？」

と、そばにいた刑事が訊く。

「うん。――残念だが、もう一歩のところらしい。お手数でした」

「いいえ」

僕は、室内を見回して、「織田さんって方は？」

「それが妙でして……」

と、添田が頭をかいた。「無断でどこかへ行ったっきり戻らないんですよ」

僕は祐子の方を見た。――祐子の表情は相変らず、人形のように動かなかった。

11　洋服ダンスを開けよう

「妙だな」

添田刑事も、困り果てた様子で頭を振った。

もっとも困り果てているにしては、夕食にと取った特上の幕の内弁当を、犬や猫でも腹を立てるだろうと思うくらい、きれいに平らげていたが。

家にじっとしているというのも、意外に腹が空《す》くものなのである。もちろん外で動いていても腹は空くし、家で動いていても、外でじっとしていても——結局、時間がたてば腹は空くのだ。そうでなければ、食堂は倒産してしまうに違いない。

何の話だ？——ああ、そうだった。

添田刑事としては頭が痛いのも当然で、何しろ美奈子の誘拐犯の手がかりは全くつかめておらず、そこへ持って来て、部下の刑事の一人が行方《ゆくえ》不明になっているのだ。

確かに同情すべき余地はある。しかし、幕の内弁当——四千円もしたのだ！——を全部食べてしまったのは、その同情を半減させてしまったと言っていいだろう。

「おい」

と、添田は、池山という若い刑事を呼んだ。

「はい、何か？」

「もう一度訊《き》くぞ。織田は確かに、お前にコーヒーを買いに行けと言ったんだな？」

「そうです」

「もしかして紅茶を買って来いと言わなかったのか？」

「いいえ、コーヒーでした」

「コーラじゃなかったのか？」

「コーヒーに間違いありません」

他人の話に口を出すのは僕の趣味ではないのだが、このときばかりはちょっと咳払《せきばら》いをして、

「あの、添田さん」

と言った。「余計な差し出口かもしれませんが、コーヒーか紅茶かコーラかで、何か話は変って来るんでしょうか？」

「私は、池山の記憶をチェックしているのです」

「なるほど」

ベテラン刑事ともなると、考えることがやはり凡人とは少々違うようである。

「それで、お前はドライブ・インへ行った」

「そうです」

「戻って来たのは一時間後だと言ったな」

「はい」

「ドライブ・インまで車でどれくらいだ？」

「五分か十分でしょう」

添田は、ちょっと得意げに、

「それなのに、コーヒーを買って帰って来たのが一時間後だと？　そんなにかかるはずがあるか！」

「はあ……」

池山という若い刑事は、ちょっと後ろめたいという表情で頭をかいている。

「そんなに長い間、お前は何をやってたんだ？」

と添田はぐっと身を乗り出した。「隠すとためにならんぞ！」

これじゃまるで犯人扱いだ。

「あの――ちょっと息抜きをしていたのですが」

「息抜きだと？　それ以上抜いてどうするんだ？」

「ですが――織田さんと二人でいると疲れるんです。色々口やかましい人なんで」

そうだ、そうだ、全くだ、と僕は内心、池山刑事に拍手を送った。

「先輩のことを口やかましいとは何だ！」

「すみません」

「その息抜きというのは？」

「はあ……車の中で寝ていたんです」

「車の中で？」

「そうです」

「どれくらい寝ていたんだ？」

「三十分ぐらいだと思います」

「それはコーヒーを買う前か後か？」

「後です」

「コーヒーが冷めるとは思わなかったのか？」

「まあ、戻ってから温め直せばいいやと思いまして」

「何ということだ！」

と添田はやたら腹を立てて、「そういう安易な考えが失敗のもとだ。温め直したコーヒーなどまずくて飲めるものか！」

「もともと大して旨《うま》くありませんから」

「まずいと分っていて、お前は買ったのか？　警察官としての良心はどこへ行ったのだ？」

警察官としての常識はどこへ行ったのだろう、と僕は思った。

「――ともかく一時間後に戻ったとき、織田の姿はなかったのだな」

「そうです」

「捜さなかったのか？」

「トイレにでも行ってるんだろうと思って、気にしなかったんです」

「それで、お前はどうした？」

「そのソファに座って――」

と、池山刑事は言い渋った。

「座ってどうした？」

「はあ。――眠っておりました」

「眠っただと？　誘拐犯からの電話を待っている刑事が居眠りなどするとは、何たることだ！」

「申し訳ありません。でも、ウトウトしていただけですから――」

「大体、その前に車の中で眠って来たんだろう。そのくせまだ寝足りなかったのか？」

「いえ、車の中では、寝たのでして、眠ったのではありません」

「つまり……横になっていただけなのか？」

「まあ……上になったり下になったり」

「上や下?――車のか?」

「いえ、ドライブ・インの女の子です。コーヒーを買うとき、ちょっと話をしたら、えらく気が合いまして、向うもちょうど休み時間だというので、車に乗せて、ちょっとわき道へ入って、三十分ほど……」

添田刑事は、怒るのも忘れて、ポカンとしていた。僕はおかしくて吹き出したくなったが、妻を誘拐されている夫としては、笑うのはまずいと思い、必死にこらえた。

これでなかなか、犯罪者というのも、疲れる役回りなのである。

「――全く面目ありません」

疲れ切った様子で池山刑事を行かせると、添田は、僕に頭を下げた。「あんな奴《やつ》をお宅に置いていくとは……。私の不明でした」

「いや、若い方は仕方ありませんよ」

僕は、笑って気持の広いところを見せた。「刑事も人間ですからね」

「そうおっしゃっていただくと、却って心苦しくなります」

「しかし、もう一人の方はどこへ行かれたんでしょうねえ?」

「全く奇妙です。あの織田こそ、実直な刑事の手本のような男なのです」

冗談じゃない! こっちの弱味につけ込んで金をゆすり取ろうとするのが、「実直な刑事」だって？

しかし、そうも言えないので、

「まあ、何か急用でもできたんじゃないですか」

と言った。

「あなたはお休みになってたわけですね、その間」

「ええ、前の日からあまり眠っていないものですから、すっかり疲れてしまって。

——妻が誘拐されているというのに、冷たい奴だと思われるかもしれませんが」

「とんでもない！　あなたの態度は、夫として、実に立派なものですよ」

「恐れ入ります」

僕はいささか芝居じみたジェスチャー入りで礼を言った。「起きて来たのは、例の犯人からの脅迫電話があったときです」

「するとその間、起きておられたのは——」

「私と吉野さんです」

と、祐子が、お茶を出しながら言った。

「でも、ここにはいませんでしたから、あの刑事さんがいつ、ここから出て行かれたのか、気が付きませんでした」

「そうですか……」

添田は心配そうに言った。「しかし、織田の奴、どこへ行ったのか……」

「何かこの、心配する理由があるんですか?」

と僕は訊いてみた。

「実はこの間、織田に一万円貸してあるのですよ。踏み倒されてはかなわないと思いまして――」

この刑事、どこまで本気なのか、よく分らない。

「それなら、社長の奥様のことを心配するべきじゃありません?」

さすが祐子だ。穏やかな表現ではあったがピシリと言ってやった。

「いや、これは恐れ入りました。全くその通りです。もちろん、我々としても、人質の奥さんのことを何よりも心配しておりまして、今後とも前向きに鋭意努力したいと――」

国会での首相答弁みたいになって来た。

夜もふけた。

では寝るか。――と思ったが、それでは話が進まないので、僕はしばらく起きていることにした。

十一時を過ぎると、刑事たちも交替で眠ることになり、祐子が毛布を持って来て、刑事たちに配った。ついでに吉野にも毛布を渡した。

要するに、お前はこの居間で寝ろ、ということである。

「――池沢さん、どうぞおやすみになって下さい。ここは我々が引き受けます」

と添田刑事が言った。

「しかし、僕の妻のために、皆さんが起きていらっしゃるのに、僕が一人で寝てしまうというのは、申し訳が――」

「いやいや、これは我々の仕事ですから」

「そうですか、では、お言葉に甘えさせていただいて……」

あんまり早く、じゃおやすみ、とやっては疑われるかもしれないと思ったが、何しろ、ここへ来て、また眠気がさして来て、ダウン寸前だったので、意地を張らずに、添田の言葉に従うことにした。

僕は、居間を出ようとして、祐子の方をチラッと見た。祐子も僕の方を見て、ちょっと肯いて見せる。

それが何の意味なのか、歯をみがいたか、という問いかけか、それとも単におやすみなさいという挨拶《あいさつ》なのか、僕には分らなかった。

よくＴＶの刑事物なんか見ていると、刑事たちが顔を見合わせてウンと肯《うなず》き合う場面があるが、あれでどうして分り合っちゃうのか、不思議である。

たまには背いた後、一人は犯人を追いかけ、一人はトイレに走る、といったことがあっていいのではないか。現実とは、味気ないものなのである。

ともかく僕は二階の寝室へ上って、ベッドに入った。

さて、これから一体どうなるのだろう？　僕はちょっと考えたが、考え出すと眠くなるという体質なので、すぐに瞼《まぶた》がくっついて来た。——ともかく、眠っている間は、何も起こらないでほしいと祈りつつ、眠りの中へ入って、カーテンを閉めたのだった……。

誰かに揺り起こされたのは、少し眠ってからのことらしかった。

目を開くと、祐子が立っている。これが吉野とか刑事だったら、こん畜生、とにらむところだが、

「起こしてごめんなさい」

と祐子が言うと、

「いや、もうそろそろ起きるかな、と夢の中でちょうど考えてたところだったんだよ」

と僕は優しく微笑した。

「お話があるの」

と、祐子が言う。

「何だい?」

僕はベッドを出た。「——今何時だろう」

「一時過ぎ。みんな眠ってるわ」

「刑事も全部?」

「交替で起きてるはずの人も、居眠りしてるの。だから上って来たのよ」

「たるんでるな、全く!」

「ともかく、こっちへ来て」

と、祐子はドアの方へ僕を引っ張って行く。

「どこへ行くんだい?」

「向いの寝室」

と祐子は言った。「静かにね」

「了解」

廊下へ出てみると、確かに、階下は、静まり返っている。みんないびきもかかずにお休みらしい。

向いのドアを開け、即製の僕の寝室に入ると、祐子はいきなり僕に抱きついて来た。こういう不意打ちは、いつでも大歓迎なのである。

「お願い……抱いて」

と、祐子はいつになく熱っぽく囁《ささや》いた。

「大丈夫かい、下は？」

「平気よ、そっとやれば。分りゃしないわ」

と祐子は言って、「――ともかく、今、ここで抱いて欲しいの！」

可愛《かわい》い女の子にこう言われて――いや、とても拒めるものではない。大体、もとから拒む気などなかったのだが。

――ここでしばし目をつむって、見ざる聞かざるということにしていただき、さて三十分後、ベッドの中で、僕と祐子は互いに肌を寄せ合っていた。

「――嬉《うれ》しいわ」

と祐子は言った。

「そんなに？」

「あなたが勇気を出してくれたからよ」

「勇気を？」

人間は、自分にないものまで、他人に与えることができるのだろうか、と僕は哲学的なことを、一瞬考えたりした。

「でもホッとしたわ。あなたに今度こそ嫌われるんじゃないかと思ってたの」

「どうして君を嫌うんだ？」

「だって……分ってるじゃないの」

こういうとき、

「分ってないよ」

と本当のことを言うのは勇気がいる。

だから、僕は何も言わずに、曖昧《あいまい》に笑うことにした。これは実に重宝なやり方なのである。

「明日は日曜日ね」

「そうだ」

「月曜日には身代金を用意しておかないと」

「しかし、誰に払うんだい？　そこがさっぱり分らないよ」

「吉野さんよ、決ってるわ」

「でも、あいつ、電話がかかって来たとき、そばにいたぜ」

「共犯者がいるのよ！　当然じゃないの」

共犯者か！　そこまでは考えなかった。さすが祐子だ、と僕は祐子を改めて見直した。

それにしても吉野の奴、共犯者まで使うとは汚い奴だ！

もっとも、考えてみると、僕にも祐子という共犯者がいるのだが。

「差し当り、死体を発見されないようにしなきゃね」

「浮浪者の？　でも美奈子のベッドの下まで調べやしないよ」

「新しい、死体のことよ」

「何だ、新しいやつか」

と僕は言って、しばらくしてから、訊いた。「——何だって？」

「新しい死体」

「新しいって……どれくらい？　まだいたんでない？」

果物か何かみたいだ。「それ……どこにあるんだい？」

「そこよ」

と祐子は、洋服ダンスを指さした。

「脅かすなよ。こんなタンスの扉を開けると死体が倒れて来るなんて、よくTVでやるじゃないか」

僕は笑いながら、ベッドを出て、洋服ダンスの扉を気軽にヒョイと開けた。「ほら、だから何も——」

ゆっくりと、男の死体が倒れて来た。——まるで映画のスローモーションを見るように、その動きは滑らかだった。

「本当だ」

と僕は言った。

その男は、織田刑事だった……。

12　祐子の正当防衛

僕の受けたショックは、しかし、さして大きなものではなかった。

一つには、大分慣れて来た、というせいもある。金曜、土曜の二日間で、こうも死体に振り回されていると、少々のことでは応《こた》えない。

もう一つは、織田が、およそその死を惜しみたくなるような人間ではなかったせいである。僕のような平凡、善良な市民が妻を殺すというのはまだ許せる（自分のことだからだが）としても、刑事が人をゆすったりというのは、許されることではない。

ここは一つ、織田を成敗したのだと——言っても警察は納得しないだろうな、やはり。

「これ……君がやったの？」

「ええ。でも、殺す気じゃなかったのよ」

と、祐子はベッドに起き上って言った。

裸の上半身がうす暗い部屋の中に光って、僕は呑気《のんき》にそれに見とれたりした。

「差し当りは、織田と交渉して、向うの言い値と折り合いをつけるつもりだったの」

「う、うん、そうだったね」

「ところが話をする内に……織田がこの部屋へ私を連れて来たのよ」

「どうして？」

「何だか……下にいると、いつ池山が帰るかもしれないとか言って。それに吉野さんがそばにいたせいもあるわね」

と祐子は言った。「ともかく――この部屋へ入ったの。すると――突然、織田が私に襲いかかって来たのよ」

「な、何だって？」

僕は思わず訊き返していた。

「抵抗すると、私の過去をばらすと言って、ここで私を力ずくで犯そうとしたのよ」

祐子は毛布で身を包んで、身震いすると、「私、一度でも、他の男に汚された体であなたに抱かれるなんて、堪えられなかったの。だから、必死に抵抗したわ。そして……気が付くと、織田を刺し殺していたのよ。でも――これだけは信じてね、私、あなたのために、織田を殺したのよ！」

祐子がすすり泣く。僕は感極まって、祐子に駆け寄り、その体を抱きしめた。

「分った。――分ったよ。君の責任じゃない。それは正当防衛というもんだよ」

「ありがとう、分ってくれて！」

祐子はもう一度僕にキスした。

「じゃ、一つ、下の刑事たちを呼んで来ようか」

「どうするの？」

「この織田の死体を片付けてもらうのさ」

「何ですって？」

と、祐子は目を丸くした。

僕は、何かまずいことを言ったのかしら、と不安になった。

「いや……だって、織田を殺したのは正当防衛だよ。だから、刑事にも良く説明すれば、ちゃんと――」

「だめよ、そんな！」

と、祐子は遮った。

「どうして？」

「警官を殺したりしたら、それこそどんな正当な理由があったって有罪に決ってるじゃないの」

「そ、そうかね」

「そうよ。じゃ、あなたは私が手錠をかけられて連行されて行っても構わないって言うのね？」

祐子が、じっと涙のうるんだ目でこっちを見つめる。僕はあわてて言った。

「そんなこと、僕がさせるもんか！」

「ありがとう！　きっとそう言ってくれると思ってたわ！」

また僕らはひしと抱き合った。あんまり映画っぽいというか、芝居がかった感じもして、ちょっと気恥ずかしかったが、しかし、人生、たまにはドラマチックになるのもいいもんじゃないか。

「で、この男を刺したナイフは？」

と、僕は訊いた。

「え？——ああ、そうね、どうしたのかしら、私」

と祐子は口に手を当てた。その仕草が、また可愛い。

「もう夢中になっていて……忘れちゃったわ、ごめんなさい」

と祐子はしょげ返った。

「いや、当り前だよ、それが。——でも、どこかに落ちていて見付かったりするとまずいんじゃないかな。殺したのはここなんだろ？　じゃ、きっとどこかにあるよ」

「私が捜して見付けるわ。私に任せて」

「そうしてくれる？」

僕は内心ホッとしていたのだ。何しろ物を失くす名人で、かつ見付けられない天才なのだから。

「いっそ、ナイフが残ってて、死体の方がどこかへ行ってくれるとありがたいのにな」

「そんな――無理よ」

と、言って、祐子は笑い出してしまった。

これで、二人の間の、深刻な気分は一度に吹っ飛んだ。僕のユーモアのセンスもなかなかのものだ。

「ともかく、この死体をどうするか考えなきゃね」

と僕は言った。

「ここに置いといちゃまずいわ。だって、添田って人が、織田を捜して、この家の中を調べ回るかもしれないし」

「そうだね。でもどこか、置いとく所はあるかい？」

「あの浮浪者の死体もあるしね」

「そうか！　つい忘れてた。二つも二階にあるんだ。――どうしよう？」

「表よ」

と祐子は言った。

「表？　地下じゃまずいの？」

「地下は危ないわ。ただ誘拐事件だけならともかく、刑事が行方不明ということになれば、地下室も調べてみようとするかもしれないわ。――奥さんの死体も運び出す必要があるわ」

僕はウンザリした。

地下へ死体を持って行くのは難しくない。足を引っ張って、引きずって行きゃいいのだから。しかし、かつぎ上げるというのは……考えただけで息切れがして来る。

「でも、死体がこれで三つだよ。表へ持って行って、どこへ隠すのさ」

「すぐ裏は林じゃないの。あの中へ埋めるのよ」

「埋めるには穴を掘らなきゃいけないよ」

と僕は言った。かなり、情けない顔をしていたのだろう。

「私のために、頑張って！　巧《うま》く行けば、私たち、ずっと一緒に暮らせるのよ！」

と、祐子が励ましてくれる。

僕は体中に力が漲《みなぎ》って来るのを感じた。

「よし、やるぞ！　何ならもう一つぐらい死体が増えたっていい！」

心にもないことを言ったもんだ。

そのとき、

「あの――すみません」

と、ドアの外で男の声がした。

僕も祐子もあわてて服を着た。

「落ち着いて！」

と祐子が低い声で言った。「あれは池山って刑事よ」

「ああ、あのドライブ・インの女の子と車の中で――」

「そう。ほら、向うのドアを叩《たた》いてるわ。――あなた、ここにいて。私が相手するから」

「君が？」

「私に任せて」

これが出ると僕はもうすっかり安心してしまうのである。

僕がドアの横に身を寄せていると、祐子がドアを開けて出て行った。

「あら、刑事さん」

「やあ、あなたは……」

「早川祐子です」

「そうでしたね。池沢さんは眠ってるんですかね」

「お疲れなんですわ。奥様のことをご心配になって、昨夜は一睡もなさってないんですもの。——できれば、そっとしておいてあげて下さい。私でよろしければ、ご用をうかがいますけど……」

そう言って、祐子は、池山刑事を促して下へ降りて行った。大したもんだ。祐子にかかると、どの男も彼女の思いのままに動かされてしまう。

あの祐子が僕一人のものなのだから、僕という人間は正に世界一の幸せ者と言う他はない。——さて、その祐子のためにも、頑張って穴を掘らなきゃならない。

ところで我が家にシャベル、スコップの類があったかしら？　スプーンならあるが、いくら大きくてもスープ用のスプーンで、人間三人を埋める穴を掘るのは容易ではあるまい。

そういえば地下室にあったかしら？　ともかく捜してみよう。

しかし、今降りて行くのはまずい。祐子がまだあの池山刑事と話をしているに違いない。戻って来るのを待っていよう。

ともかく、一旦《いったん》織田の死体を洋服ダンスへ戻して扉を閉めておくと、僕は洗面所へ入って、手を洗った。

「——ん？」

変だな、と思った。どうも排水口がつまって、水が流れて行かないのだ。石鹸《せっけん》でも入っちゃったのかな。

指を入れてみると何か、固い物が触れる。二本の指でつまんで持ち上げてみると、ナイフが出て来た。

「こんな所にあったのか」

と僕は呟《つぶや》いた。

これは実に珍しい出来事である。僕が何かを発見したのだ！

そうだ。これは隠しておいて、後で祐子をびっくりさせてやろう。僕はそのナイフを洗面台の小物入れにしまっておいた。

「——どこなの？」

ドアが開いて、祐子の声がした。

「やあ、ここだよ。——ちょっと手を洗ってたんだ」

「下は大丈夫よ」

「あの池山って刑事は？」

「眠ってるわ」

「君は催眠術でもやるのかい？」

「睡眠薬よ。薬を入れたジュースを飲ませたの」

「奴の話は何だったんだい？」

「やっぱり織田のことよ。多少責任を感じてるんじゃない？　あなたが何か知らないかと思って、話がしたかったんですって」

「で、君、何て言ったの？」

「何も言わないで薬を飲ませたのよ」

と祐子は微笑《ほほえ》んだ。「――さ、今がチャンスよ。みんなぐっすり眠ってるわ」

「よし。ともかく一度地下室へ行って、穴を掘る道具があるかどうか、捜してみよう」

「私も行くわ。――織田の死体は？」

「洋服ダンスに戻したよ」

僕はナイフのことを話そうかと思ったが、すぐにしゃべってしまうのももったいない気がして、黙っていた。

「でも、いつ誰が目を覚ますかもしれないわ。足音をたてないでね」

と、祐子は言った。

二人して、そっと一階へ降りて行く。居間を覗《のぞ》いてみると、みんないい気分で眠りこけている。

これで誘拐犯を捕まえられるのだろうか？――僕はいささか心配になって来た。

「大丈夫だわ。地下へ行きましょう」

と祐子が囁く。

地下への階段を降りて行くと、やはり多少気が重くなった。かなり楽天家の僕であるが、死体との対面は、あまり嬉しいものではない。

その点、女性の方が気が大きいのは事実のようで、

「早くやらなきゃ」

と、祐子がさっさとドアを開け、明りをつけた。「——あら。どうしたの、あなた？」

「え？　何が？」

と僕は訊いた。

「ここにあった奥さんの死体、どこへやったの？」

僕も呑気ではあるが、さすがにびっくりして中を覗き込んだ。——美奈子の死体は、影も形もなかったのである。

13　深夜の重労働

「馬鹿にしてる！」

と僕は言った。

「怒っても仕方ないじゃないの」

と、早川祐子は至って論理的に言った。

確かにそうだ。相手がいないのに怒るのはエネルギーの浪費というものである。

もっとも、そう考えたからって怒りがおさまるものではない。そう簡単なものなら、人間、怒ったりしないだろう。

――ん？　何の話だっけ？　どうも僕はときどき脱線してしまう癖が抜け切らない。

「一体どこに行っちゃったのかしら」

と、さしもの祐子も、困惑の体《てい》である。

困って、ちょっと顔にしわを寄せて考え込んでいる祐子というのが、また可愛いのである。食べちゃいたいくらいだ！

いや、今はそれどころじゃない。地下室で僕と祐子は呆気《あっけ》に取られて立っていた。だって、ここへしまい込んでおいた妻の美奈子の死体がどこかへ行ってしまったのだから、無理もない。

「おかしいわ」

と祐子は言って首を振った。

その首の振り方がまた可愛くて――いや、もうやめておこう。

「ともかく死体が勝手にどこかへ行くわけはないわ」

「ということは、誰かが運び出したってわけだね」

と、僕は推理を働かせた。

「一体誰かしら？　警察の人間でないことは確かだし、といって、他にここにいる人といったら……」

「――吉野だ！」

僕のカンは、実に冴《さ》えていた。

「そうだわ」

と、祐子は肯いた。「あの人はここへ来て奥さんの死体を見付けたのよ。これを警察に見られたら、吉野さんにとってもまずいわ。身代金も取れなくなるんですもの」

「なるほど。それで――」

「死体をどこかへ隠したのよ！」

「あいつめ……」

僕は本当に腹を立てた。怒ると怖いんだ。本当だぞ！　女房を殺したくらいなんだからな！

「よし、吉野の奴をぶっ飛ばしてやろう」

僕は拳《こぶし》を固めて、エイッと振り回した。行きすぎて、スチールの棚にガツン、と衝突――いや、痛いのなんの……。

悲鳴を上げてピョンピョン飛びはねた。あまり見っともいいものではなかったが、本当に痛いときに、そんなことを言っちゃいられない。

「大丈夫？——静かに！　誰かが聞きつけたら——」

祐子の言う通りだ。僕は英雄的努力で、苦痛に堪えた。涙がポロポロこぼれて来る。

こんなとき、美奈子なら、ギャハハ、と嘲笑《あざわら》ったろうが、祐子はそんなことはしない。

「大丈夫？」

と心配そうに僕の手を取ってくれたのである。

やはり祐子は美奈子とは人間が違うのだ。同じ細胞でできていて、どうしてこうも違うのか、これはTVの科学番組あたりで、取り上げてほしいくらいである。

「吉野さんを殴ったって何にもならないわよ」

と祐子は言った。「こちらから、奥さんを殺したと言うのと同じよ。ますます向うの方が強い立場になるわ」

「そ、そうか……」

「ここはぐっとこらえるのよ。何事もなかったような顔をして」

「そ、そうだね」

「ともかく差し当りは、二階の二つの死体を埋めに行かなきゃ。——何か掘る物はあって？」

「探してみるよ」

と僕は言った。

何しろ僕は電球の球一つ取り換えるにも電気屋を呼ぶくらい、工事（というほどのものじゃないが）とは縁のない人間である。果してトンカチやノコギリの類が我が家にあるものかどうか、まるで知らない。

しかし、もし家にその手の物があるとしたら、この地下室しかないということぐらいは分る。

「――見当らないなあ」

と、僕は額の汗を拭《ぬぐ》って、「その奥かな？――ええと――何だ、この棒っきれ、邪魔だな」

棚の裏側へ頭を突っ込んで、中をかき回しながら、手に当った棒をつかんで、ヒョイと後ろへ放り投げた。

「ええと……。違う！　やっぱりないよ、ここには」

と手の埃《ほこり》を払いながら立ち上って振り向くと、祐子が、シャベルを手に立っていたのである。

「君――どこで、それを」

と僕は目を丸くして訊いた。

「今、あなたが放り投げたのよ」

と、祐子は言った。

穴を掘る。――この作業がいかに大変なものか、分るだろうか？

いや、経験のない人には、まず無理であろう。――僕は、よく死ななかった。と自分を賞《ほ》めてやりたくなった。

仕事が終って、戻ったのは、もう夜が白々と明けてくる頃だった。

二階から死体を降すのは、祐子も手伝ってくれたけど、二人ともこの家を出てしまうのはまずい、というわけで、死体を裏の林へ運んでからは、祐子は家の中へ戻っていたのである。

「――大丈夫？」

家へ入るなり、ヘナヘナとその場に座り込んでしまった僕を、祐子はあわてて支えた。

「やったぞ！――ついにやった！」

と僕は言った。

もう意識モーローとして、正に幻覚でも見かねない状態だった。

「さ、ともかく二階へ。――後は私がやるから、お風呂《ふろ》へ入って」

「もう寝るよ」

「だめよ！　泥だらけじゃないの。洗っておかなきゃ」

「ああ……そうか」

不便なものである。

「シャベルは？」

「ん？——ああ、途中で落っことしたらしいな」

「見付かったら大変！　私が取って来るわ」

僕は祐子に肩を支えられて、階段を一段ずつ上って行った。何百段もあるような気がした。エベレスト山を階段で上るような——というとオーバーかもしれないが、実際、そんな気分だったのである。

それでも何とか寝室へ辿《たど》りつくと、祐子が服を脱がせてくれる。このときばかりは色気ぬき。浴室で、熱いシャワーを浴びて、やっと生き返った思いだった。

「じゃ、私、シャベルを取って来るわ」

「うん頼むよ」

「それで……ちゃんと埋めて来た？」

「任せとけよ！　たっぷり掘って埋めて来たから」

「よかった！　本当にあなたって頼りになるわ」

祐子がキスしてくれると、僕の疲れも――このときはひどすぎたので、二、三パーセントだったが――薄らいで行った。

祐子が出て行くと、僕は体を洗って、這《は》うようにして部屋へ戻り、体を拭うのももどかしく、ベッドへと潜り込んだ。

いかに眠るのが早かったか、は、毛布をかけるかかけないかの内に、何も分らなくなってしまったのでも分るだろう……。

――揺さぶられて目を覚ますと、祐子が覗き込んでいる。

「やあ……。何かあったの?」

「もう起きないと怪しまれるわ」

「もう?　寝たばっかりだよ」

「何言ってるの」

と、祐子は微笑んだ。「もうすぐ昼の十二時よ」

僕は仰天して飛び起きた。――とたんに祐子が、

「そんな時間?」

「まあ!」

と言って目を見張り、クスクス笑い出した。

僕はキョトンとしていたが、やがて分った。――昨夜、風呂を出て、そのままベッ

ド へ潜り込んだので、服を着るのを忘れていた。素っ裸だったのだ。

「いやらしい夢でも見てたんでしょ」

と祐子は言って、ちょっとウインクして見せると、「早く下へ来てね」

と、言って出て行った。

僕は、洗面所へ行こうとして、顔をしかめた。体中が痛い！——やはり僕のような知的エリートに肉体労働は無理があるのだ。

何とかシャワーを浴び、顔を洗って目を覚ますと、ヒゲを当り、きちんとしたスタイルになって、階下へ降りて行った。

階段を降りるのが、また一苦労。一段毎に膝《ひざ》がガクガク震え、腰に痛みが走る。顔に出さないようにするのが大変だった。

やはり人殺しは楽じゃない、と僕は痛感した。

14 混乱

「——どうかしましたか？」

僕の顔を見るなり、添田刑事がそう言ったので、僕はギョッとした。

体の土は洗い流したつもりだし、怪しまれるようなことはしていないつもりなのだが……。さすがはベテラン刑事で、僕の気付かなかった所を見抜いていたのかもしれない。

「あの——何か？」

と僕は訊き返した。

「いや、何だか寝不足らしい顔をしてらっしゃるので……。あ、いや、それは当然ですね。奥様の身が心配で、ろくに眠れなかったのでしょう。分り切ったことをお訊きしたりして申し訳ありませんでした」

「はあ……」

一人で訊いて、一人で返事をしてくれているのだから、こんな楽なことはない。

「今日のご予定は？」

「予定……ですか」

そう言われても、今日は日曜日である。会社へ行くわけにもいかない。それに、妻が誘拐されていることになっているのに、ピクニックに行くわけにもいかない。

「家で過すつもりですが」

仕方なく僕は当り前の返事をした。

「なるほど！」

添田刑事はなぜか深刻ぶって肯いている。——僕も変ってるかもしれないが、この刑事も変っている。まあ、いい勝負だろう。

「添田さん」

と、えらく威勢のいい声がして、飛び込んで来たのは、若い池山という刑事だった。

「どうした？」

「手がかりをつかみました！」

「何だと？」

僕もびっくりした。一体この刑事、何をつかんだというのだろう？

「話してみろ」

「はい！　実は、今、出かけたついでに、昨日のドライブ・インのウエイトレスの顔を見ようと思いまして――」

「おい、貴様は、それでも刑事か！」

添田刑事が顔を真っ赤にして怒鳴った。

「い、いえ――今日はその――やっては来なかったんです」

「当り前だ！」

「で、話をしておりますと、その可愛い娘《こ》が思い出してくれたのです」

「〈可愛い〉は余計だ！」

「は――つまりその――金曜日の深夜、怪しい車を見かけたというのです」

「怪しい車だと? ふん、どうせどこかのおめでたい奴と同じで、中で楽しんどったんだろう」

ははあ、と僕は思い当った。こりゃ、添田刑事は、池山の若さをやいているのだ。だから、こんなにして、いびるのだろう。

「いえ、チラッと見た限りでは、その——車の中で、女が猿ぐつわをかまされているようだったと……」

「何だと!」

添田刑事は、飛び上らんばかりにして言った。「そ、それは確かか?」

「いや——その——それほど確かでは——」

と、池山刑事はしどろもどろになる。

「見たのか、見ないのか、はっきりしろ!」

と、添田は迫った。

「それは無理だと思いますわ」

と、思いがけないところから口が入った。祐子である。

「絶対見たと思うのなら、当然届け出たでしょう。確信がないから、つい黙っていたんじゃないでしょうか。チラッと目に入っただけのものを、警察へ届けるって、なかなかできないものだと思いますわ」

さすが祐子！　論理的、かつ人間味溢《あふ》れたその解釈には、添田もたじたじで、

「そ、それはその通りです。いや、実にまことにごもっとも」

そこで一つ咳払いをして、「では、その女は猿ぐつわをかまされていたらしいというんだな？」

「そうなんです」

「で、その車というのは？」

「はあ、深夜十二時過ぎだったそうです。ドライブ・インの前に車が停《とま》り、運転席の男が降りて来ました。そして入って来ると、コーヒーとハンバーガーを三つずつ注文し、持って行くから、急いでくれ、と言ったそうです」

「どんな男だった？」

「いや──その男の注文を受けたのは彼女ではなかったので、顔は見なかったそうです。ただ、白っぽいジャンパーの男だったと言ってましたが」

「そんなのはゴマンとおる」

「で、彼女はテーブルの客が帰って行ったあとを片付けていて、ふと窓の外へ目をやりました。ちょうど停めてある車が見えて、後ろの座席が目に入ったのです。男が一人、そして女が一人。──その女がどうも口のところに布をかまされていたように見えたということでして──」

「はっきりは分らなかったんだな？」

「男の方が、彼女の視線に気付いたらしいのです。女の頭を押さえつけたので、女の方は見えなくなりました。――彼女の方も気にはなったようですが、ちょうどそこへ、長距離トラックの運転手が三、四人入って来たので、そっちの注文を聞かなくてはならなかったというので……」

「ふむ……。そいつは残念だったな」

「その後、気になって、もう一度表へ目をやると、もう車はいなくなっていたということです」

「そいつは怪しい。大いに怪しい」

添田は、急に動物園のクマになったように、やたら部屋の中を歩き回り出した。

「――どんな車だったか憶《おぼ》えていないのか？」

「夜ですからね。乗用車――たぶん中型車だったということしか――」

「そういうときはちゃんとナンバーを記憶しておくのだ。時間がなくなると、ＴＶの刑事物ではたいていそういうことになる」

添田という刑事も、かなりめちゃくちゃな男だ。

「でも、刑事さん」

と、祐子が言った。「コーヒーとハンバーガーを買いに来た男の相手をした店員さんがいるんじゃありませんか?」

「そうだ!——おい、池山、その店員をすぐに引っ張って来い!」

やれやれ、これじゃ祐子が少し警察から給料をもらわなきゃ合わないよ。

「はあ。それも訊いてみたんですが、夕方からでないと出勤して来ないと——」

「誘拐事件だぞ! 一刻を争うんだ! 自宅へ行って連れて来い! いやがったら手錠をかけてもいい!」

新聞に知れたら大問題になるだろう、と僕は思った。——それにしても、ご苦労な話である。

美奈子は僕が殺したのだから、誰にも誘拐されるはずがない。猿ぐつわをかまされるはずもないのである。

ネッカチーフか何かが、そんな風に見えたのだろうが、警察も大分予算をむだ使いしそうで、ちょっと申し訳ないという気がした。

祐子が台所へお茶をいれに行った。僕は後から入って行くと、

「連中、見当外れの方向へ進みそうじゃないか」

と言った。

「しっ! 低い声で」

祐子はそう言って、居間の方をうかがい、「——ちょうどこっちにとっては好都合

よ。奥さんが誘拐されたという裏付けになるじゃないの。私たちを疑う人はまずいなくなるわ」

「全くだ。――でも、調べれば、それがただの見間違いだったと分るんじゃないかな」

「そんな心配ないわよ」

と、祐子が微笑んだ。「そんな曖昧な話、手配したって分るわけない。だから却《かえ》っていいのよ」

「どうして?」

「考えてごらんなさいよ。見付からない限り、その車に乗っていた男たちを犯人と思って追い続けるわ。その間に私たちはあれこれと手を打てるじゃないの」

「なるほどね」

いや、実際に、祐子の頭の回転の早さには、僕はとてもついて行けない。それだけ頼りがいのある存在なのだ。

「あの――失礼します」

と声がして、ギクリとしながら振り向くと、てっきり出かけたと思っていた、池山刑事が立っている。

「何でしょうか?」

さすが、祐子は落ち着き払っていた。

「いや――さっきのお礼を申し上げたくて。彼女のことを弁護して下さって、ありがとうございます」

「いいえ、そんなことといいんですのに」

「いや、あなたは本当に頭のいい方ですね。よくできた、優しい人です。それに美しい。本当にすばらしい人です！」

しゃべりながら、段々池山の目の色が変って来た。恋の色――というのが何色か知らないが濃《こ》い（恋）というぐらいだから薄い色ではあるまい――なんて下らないことを言っている場合ではない！

この男、祐子に一目惚《ぼ》れしてしまったのに違いない！

「どうも恐れ入ります」

祐子は、ちょっと照れくさそうに、「でも、それは買いかぶりというものですわ」

「いや、そんなことはありません！　あなたは婦人警官になられるべきです！」

と、池山は言った。

僕は、危うくひっくり返りそうになった。

「――笑っちゃ気の毒よ」

と、祐子は、池山が行ってしまってから、自分も笑いをかみ殺して、「でも愉快な人ね、あの人」

「君に惚れてるんだ」

「そうかもね。──何かに利用できるかもしれないわ」

と、さすがに冷静に考えている。「でも、どう？」

「何が？」

「私、本当に婦人警官になったら似合うかしら？」

僕は目を丸くして、祐子を見つめた。


「──ええ、その人なら、憶えてます」

と、その女の子は言った。

別に手錠をかけなくても、ここへやって来た、例のドライブ・インのウエイトレスである。池山刑事の彼女の方でなく、その「怪しげな車」の男にコーヒーとハンバーガーを売った当人だ。

「そうか。どんな男か言ってくれるかね？」

添田刑事は、いとも優しい口調で言った。池山刑事に対するのとまるで違う。

その女の子は、ちょいと首をかしげていた。──添田刑事の顔に、不安気な影が走った。

忘れちゃいました。そう言い出すのではないか、という予感があったのだろう。僕も実はそう思った。

しかし、その娘、全然違うことを言い出したのである。

「あのお……紙と鉛筆を下さい」

「紙と鉛筆？」

添田が呆気に取られて訊き返す。

「ええ。できるだけ太い鉛筆。できれば2Bくらいのがいいんですけど」

「何するんだね？」

「あの男の顔を絵で描きたいんです」

「君は絵をやってるの？」

「本業は美術学校の生徒ですもの」

これは正に奇跡というべきだったろう。

添田刑事は、

「早く！　紙と2Bの鉛筆を持って来い！」

と怒鳴った。

しかし、普通の家に2Bの鉛筆なんてあるものか。——仕方なく、池山刑事が、急いで近くの文具店まで買いに行くことになった。若いと、こき使われる。

池山が戻って来るまでの十五分間、添田のソワソワしていることと来たら、どう見ても、ふさがっているトイレの前を行きつ戻りつしている、としか思えなかった。

そして、一分おきに、

「大丈夫か？　まだ憶えてるか？」

と、その女の子に訊くのだった。

「ええ、ちゃんと」

その女の子の方が、よっぽど落ち着いていた。

池山が息せき切って飛び込んで来た。スケッチブックと2Bの鉛筆を一ダースも買い込んで来たのである。

「一ダースも買うばかがあるか！」

と、添田が怒鳴った。「一本で充分だ。十一本分はお前のポケットマネーで払え！」

みみっちい警官である。

その女の子は、スケッチブックを開くと、2Bの鉛筆を走らせ始めた。サッ、サッと見ていても気持いい手際で、描き進めること五、六分。

「――こんなとこかな」

と、小首をかしげて、その絵を眺め、「はい、どうぞ」

と、差し出した。

みんなが一斉に覗き込む。――みごとなものだった。年齢は三十五、六、ちょっと特徴のある、鼻のやけに大きな男が描かれている。

「ほう！　うまいもんですね！」

と、方々から感嘆の声が上った。

僕も拍手してやろうかと思ったのだが、誰もそこまでしそうもないので、やめておくことにした。

なぜか、一人だけ、全然違う表情をしている男がいた。添田だ。

添田はその絵を一目見るなり、目を見開いて、口をポカンと開け――要するに間の抜けた顔になってしまったのである。

「添田さん、この絵を写真に撮らせましょうか？」

と、一人の刑事が言ったが、添田は全然聞いていない。

「添田さん、どうしました？」

と他の刑事が訊くと、突然、

「こん畜生！」

と、添田が大声で叫んだ。

てっきり発狂したと思った僕は、反射的に台所の方へ目を向けた。包丁はしまってあったろうか、と考えたのだ。この用心深さが、僕の長所である。

「いや、失礼」

と、突然また元の調子に戻ると、添田は言った。「ちょっと思いがけない顔に出くわしたものですから」

「この男をご存知なんですか？」

と僕は訊いた。

「もちろんです。これはかつて、若い女性を誘拐、殺害した容疑で逮捕されたのですが、証拠不充分で無罪になった男です。私もその当時、捜査に加わっていました」

「じゃ、ご存知のはずですね」

「忘れられるものですか」

添田はしみじみとした調子で言った。「犯人であることは間違いなかったのに、証拠がなく、悔し涙を呑《の》んで、釈放したのです」

「そうでしたか」

「あれ以来、夢にあの男の顔がチラついて、消えないのです。いつか、尻尾《しっぽ》をつかんでやるぞ、と心に誓っていたのです！　その男が今、ここに……。これこそ天の配剤というべきです！」

添田は力強く、拳を振り上げて言った。いささか芝居がかってはいたが、感動的な名場面であった。

「で、何という男なんですか？」

と僕は訊いた。

添田刑事は少し間を置いて答えた。

「忘れました」


「——何だい、あの刑事は？」

僕は二階の部屋へ入ると、ベッドにゴロリと横になって言った。

「面白い人ね」

「どこか抜けてんだな」

「でも、悪い人じゃないわ」

それはその通りだろう。

「しかし、どうも妙な成り行きだなあ。たまたま、そんな誘拐犯がこの近くを通ったなんて」

「偶然ってそんなものよ」

「そうかな……」

「いいじゃないの。ますます私たちが疑われる心配はなくなって来たわ」

「もう安心だな」

「まだよ。脅迫電話の主のことも、奥さんの死体のこともあるわ」

「そうか……。全部そいつのせいにできないかな」

「虫がいいのね」

と祐子は笑った。

「楽をして成功するのが一番だろ」

「それは無理ね」

祐子が、僕の方へかがみ込んでキスした。僕は彼女を抱きしめようとしたが、祐子はスルリと抜け出して、

「だめよ。いつ誰が来るか分らないのに」

とにらんだ。

その顔がまた可愛いのだ。——ちょっとしつこいかな。

「それに、吉野さんのこともあるわ」

と祐子は言った。「彼も、思いがけないことで、計画が狂って困ってるんじゃないかしら。あんな誘拐犯が出て来るなんて、思ってもいないでしょ」

「そうだね。どう出て来るかな?」

「予測はできないわね」

と、祐子は首を振った。「むしろ吉野さんにとっても、警察の目をそらす、絶好の

チャンスと思ってるかもしれないわね」

「生意気だ！　僕らの真似《まね》をしてる！」

わけも分らず、僕は腹を立てていた。

「いよいよ、吉野さんと対決する時が来たようね」

と祐子が言った。

僕はガバと起き上り、腰の痛さに目を丸くした。

「そ、それじゃ……ＯＫコラルで決闘でも……」

「まさか！——これは頭脳戦よ」

そうなると僕は弱い。肉弾戦もあまり強くないが。

「まず私が吉野さんに接近するわ。そして、手を組もうとしていると信じさせる……」

「なるほど」

「あなた、やかないでね。——少しは吉野さんに気のある様子を見せないと」

僕の小さな胸が痛んだ。

「う、うん。我慢するよ」

英雄的努力で、そう言ったとき、ドタドタと階段を上って来る足音がした……。

15　裏切られた話

期待を裏切られるというのは、いやなものである。

たとえば宝くじ一つ、取ってみても、あれが本当に当ると思って買う人はいないはずだが、それでも外れたと分ると面白くはないものだ。

いや、別にここで宝くじの話をしようというわけではない。——ドタドタと階段を上って来る足音がした、とくれば、一体何事かと腰を浮かすのが普通だろう。

実際、僕も祐子ともども、何が起こったのかと身構えたのである。

ドアをせわしげにノックする音がして、

「池沢さん！」

と、あの池山刑事の声がした。

やはり、これはただ事ではなさそうだ。

祐子が行ってドアを開ける。池山は祐子の顔を一目見ると、急にニヤニヤ笑い出して、

「こちらにおいででしたか。何をしてたんです？」

大きなお世話ってもんだ！　僕は池山刑事をにらみつけたが、向うは一向に気が付

く様子もない。

ともかく祐子しか眼中にないのだ。

「色々とお仕事がありますの」

と祐子は答えた。「で、ご用件は？」

「用？——何か用ですか？」

池山はポケッとして訊き返す始末。全く、どうしようもない。

「何か急なご用でいらしたんじゃないんですの？」

そう言われて、なお十秒間はたっぷり間を置いて、

「ああ、そうでした！」

と、池山は手を打った。「添田さんが、一旦、例の誘拐犯のことで署へ戻りますので、昼食の心配はいらないとお伝えするようにと言われて来たんです」

僕はひっくり返りそうになった。そんなことを言うために、ドタドタと階段をかけ上って来たのか！

全く、期待を裏切られるのは、いやなものである……。

「今度はいつ電話があるのかな」

と、僕は言った。

「ともかく、明日になったらお金をおろして来ないとね」

祐子は言った。

僕らは台所にいた。昨夜の穴掘りのせいで、すっかりお腹《なか》が空いてしまったので、祐子が、刑事たちに出すべく作っているサンドイッチをつまみ食いしていたのだ。

祐子は料理の腕も抜群で、特にサンドイッチは旨《うま》い。何しろパンの間にハムまではさんであるのだ。

――当り前だって？　それが、祐子がはさんだだけで、誰が作っても同じはずのサンドイッチがおいしくなるのだ。これこそ謎《なぞ》である。

「一億円か。――ちょいとくれてやるには、惜しい金額だな」

「大丈夫。取り戻せるわよ」

と祐子が微笑む。

この笑顔が、何よりも、マムシドリンクよりも僕を元気づけてくれるのだ。

「吉野の奴はどこにいるんだろう？」

「さっき外へ出て行ったみたい」

「じゃ、もっと食べても大丈夫だな」

「お行儀悪いのね」

と、祐子は笑って、素早く僕の唇にキスした。

たちまち、僕の体内には活力が漲って来た。

「刑事は何人残ってるんだ？」

「三人よ」

「じゃ充分だよ、これで」

「少し余るくらいでないと。——あなただって、ケチだと思われたくないでしょう？」

「そう。まあ……。でも、特に気前いいとも思われたくないよ」

いきなり台所のドアが開いて、池山刑事が顔を覗かせた。——ノックぐらいしろ、と怒鳴りたいのをじっとこらえる。

この週末の様々な体験で、僕は大いに成長した。以前ならカンシャクを起こしていたようなことも、じっと堪えるようになったのである。

殺人は人間を成長させるものなのだ、という真理を、僕は発見したのだった！

「あの——何かお手伝いしましょうか？」

と池山がわざとらしい口調で言う。

とっとと行っちまえ！　僕は心の中で怒鳴った。

「どうもありがとう」

と祐子は微笑んで、「じゃ、このサンドイッチの皿を運んで下さる？　私、お紅茶を淹《い》れますから」

「かしこまりました」

と、池山は召使よろしく、言われた通り、大きな皿を手に、出て行った。

「あんな奴にニコニコして見せることなんかないぜ」

と少々ムクレていると、

「あら、やきもち?——嬉しいわ。私を愛してくれてる証拠ですものね」

と、またニクイことを言う。「何ていったたって、刑事さんよ。心証を良くしておけば、いざというとき、役に立つかもしれないわ」

「そりゃそうだけど……」

「心配しないで。愛してるのは、あなただけよ」

祐子は、僕の唇に軽く人差指をあてると、ティーポットを手に台所を出て行った。

全く……祐子にかかったら、僕なんか赤ん坊のようなものだ。

赤ん坊が女房を殺すかって?——そんなこと、どうだっていいじゃないか。

食べかけていたサンドイッチを、口の中へ丸ごと押し込んで頰《ほお》ばっていると、いきなりドアが開いて、

「社長!」

と、吉野の奴が入って来たのだ。

おかげで、こっちはびっくりして、サンドイッチを飲み込んでしまい、目を白黒させながら、あわてて水をがぶ飲みした。――吉野の奴！　僕を窒息死させようという魂胆なのだ！

「大丈夫ですか？」

「ああ……。何とか……大丈夫だ」

人間的に成長した僕は、怒りを押えて、「何か用か？」

と訊いた。

「これからどうすればいいんでしょう？」

と、いかにも途方にくれた様子で、吉野は言った。「奥様は家出なさったんでしょう？」

「そうだよ」

この野郎、白々しい！

「それなのに、身代金の要求が来るってのはどういうことなんです？」

全く、そのとぼけ方の上手《うま》さといったら！

「うん、それは……。ちょっと考えりゃ分るじゃないか」

「分りますか？」

「狂言だよ、狂言」

「狂言……」

分らないふりにかけては、吉野は確かに、まれに見る名優だ。

「つまり、家出したものの、今度は金が欲しくなったのさ。だから、相手の男に誘拐犯の役をやらせて、金を手に入れようとしてるんだ」

「社長はどうなさるんです？」

と吉野は訊いた。

「どうって？」

「お金を払うんですか？　狂言と分っていても」

「そりゃ――仕方ないさ。警察の手前、値切るってわけにもいかないし」

「一億円ですよ！」

僕は、ちょっと気取って、言った。

「妻が出て行くというのなら、それぐらいの金をつけてやるのが夫の誇りってものさ」

吉野は圧倒された様子だった。

「さすがに……社長は大人物でいらっしゃいますね！」

うん、今のセリフはなかなか決っていた。――畜生、祐子が見ているところでやりたかったな。

ビデオテープでもう一度、ってわけにいかないし……。

しかし、それにしても、この吉野、どこまで、とぼけた図々しい奴なんだろう。それに乗せられたこっちもこっちだけど。

ドアが開いて、祐子が小走りに入って来た。

「どうかしたのかい?」

「急いでサンドイッチ、追加しなきゃ!」

「あいつ、そんなに大食いなのか?」

「違うんです。添田刑事さんたちが戻って来て、一緒に食べ出したんです。あれじゃ足りなくなっちゃう」

——あの刑事も調子いい奴だ!

「そうだわ。添田さんがお呼びでしたよ」

と、祐子が、早くもパンの耳を切り落しながら言った。

居間へ行くと、昼食のことは気にしなくてよかったはずの添田刑事が、ムシャムシャとサンドイッチを頬ばっている。

「——やあ、池沢さん! 思い出しましたよ!」

いきなり言われて面食らっていると、添田は大判の封筒を取って、中から、一枚の写真を出した。

「これが例の誘拐犯です。名前は大倉高志《おおくらたかし》。見るからに凶悪残忍な顔をしとるでしょう」

ああ、あのことか、と思い出して写真を眺めた。

なるほど、あのドライブ・インの女の子の絵の腕は確かなものだ。正にそっくりに描けている。

しかし、僕の目には、ごくありふれた、温厚な人物にしか見えない。やはり、僕のように、偏見のない、公正な、澄んだ目には、添田刑事とは違った風に映るのである。

「今度こそ取っ捕まえてやりますよ」

と、添田は正に舌なめずりという感じ。

「妻の安全を第一にして下さいよ」

僕がクールに言い添えると、添田はあわてて、

「も、もちろんです！　何よりもそれが最優先ですよ」

と言った。

これで警察はその大倉という男を追いかける。うまく行けば、美奈子を殺したのも、その男だということにできるかもしれない。

ただ、肝心の美奈子の死体が、行方不明なのだ……。

「ともかく、大倉を発見するために、目下、この地域一帯を厳戒中です。必ず見付け

いだろう。

いいのかね、断言しちゃって。いくら警察でも、死人を生き返らせることはできな

て、奥さんを無事取り戻します!」

「ところで」

と、添田は言った。「このサンドイッチはなかなか旨いですな」

よくもこう切り換えられるものだ、と僕は感心した。

「犯人はまだ金の受取り方法を、指示して来ていませんね」

と僕は言った。「金を渡すときに相手を逮捕する気ですか?」

「それは危険だと思います」

と添田は首を振って、「万一逃げられたら、奥さんの身が危ない」

「なるほど」

「金は素直に渡す。もちろん見張ってはいます。しかし、その場では逮捕しません」

「では、小型の発信機か何かを、金を入れた鞄《かばん》に仕込んで……」

「いや、最近の犯人たちは、TVや映画、小説で、よく勉強していましてね。その辺は用心しています。まァ、お札そっくりの発信機でも開発されればともかく、すぐ見破られてしまいますよ」

と言ってから、添田刑事はふと、「――お札型発信機か……。これはいいアイデア

だな」

「できりゃ便利でしょうね」

と僕は笑いをかみ殺しながら言った。

「こいつは特許の申請をしよう」

と、添田刑事は真顔で言った。「そのときは証人になって下さい」

「いいですよ」

呑気な刑事だ。アルバイトにでもするつもりなのだろうか。

「しかし、大量生産はできないな……。いや、意外に今の若者には、ナウい感じで受けるかもしれん」

と一人でブツブツ言っている。

勝手にやってくれってところだ。

そのとき、玄関のチャイムが鳴った。——祐子は台所だ。

吉野はトイレにでも行ったのか、姿が見えない。仕方なく、僕が自分で出ることにした。

ドアを開けると、目の前に、警官が立っていて、

「ワン」

と吠《ほ》えた。

いや──吠えたのは、その警官の連れている犬だった。変だと思ったのだ。

「添田さんに──」

とその警官が言い終らないうちに、

「来たか！　待ってたぞ」

と、添田刑事が出て来た。

「遅くなりました」

「頼むぞ」

と、添田は、ポケットから、何だか、くしゃくしゃのハンカチみたいな物を取り出し、

「これが、織田刑事の匂《にお》いだ。よく憶えてくれよ」

僕はハッとした。──警察犬か！

これに織田を発見させようというのだ。これはなかなか、やるじゃないか、というところだ。

添田という刑事、見かけほど馬鹿ではないらしい。

いや、感心している場合じゃないんだ。これじゃ、少々埋めといたって、すぐにかぎつけられてしまうだろう。

まあ、僕が殺した──いや正確には祐子だが、僕と祐子は一心同体なのだ──とい

うことは分らなくても、やはり、この近くで、織田の死体が発見されるというのはまずい。

といって、今から掘り出して他へ移すわけにもいかない。

——困ったことになった、と僕は思った。

16　死体発見

「——さあ、憶《おぼ》えたな」

と、添田が犬の頭を撫《な》でる。「いいか、こいつを見付けてくれよ」

そう言い聞かせて、警官へ、

「早速この近辺から始めろ！」

と命じる。

万事休す。五分としないうちに、犬はあの死体を埋めた場所をかぎ出すだろう。

ともかく、この新事態を、祐子へ知らせなくては！

僕は居間へと戻りかけた。

「おい、何をする！」

と声がして、振り向くと、添田が床にひっくり返り、犬がその上にドカッとのっかって、ワンワン吠《ほ》え始めたのだ。

「どけ！　こら！　俺《おれ》の上にどうして――こいつ！」

警官がやっと犬を引き離す。添田はあわてて起き上って、

「何だ、この犬は！」

と怒鳴った。

「申し訳ありません。ハンカチを見ると興奮するクセがありまして」

「俺のハンカチじゃないぞ」

「はあ。誰のでもカーッとなっちまうようなんです」

「ひどい警察犬だな」

「いつも落第してばかりで。――でも今日はあいにく、こいつしか空いてなかったんですよ」

「ともかく外へ連れてけ！」

「大丈夫です。捜し始めりゃ早いですから」

犬が出て行くと、添田はネクタイを直して、

「――ま、犬にも色々個性というものがあります」

と言った。

台所へ行くと、僕は祐子に、犬のことを話した。

「警察犬ね。——そこまで考えなかったわ、私も」

「どうしよう?」

「仕方ないわよ。落ち着いてらっしゃい」

と祐子は平然としている。

「でも——」

「証拠は残してないわ。大丈夫、あなたが疑われる理由はないんだもの」

祐子の言葉で、僕の心は軽くなった。

「じゃ、知らん顔してりゃいいんだね」

「適当に、不自然でない程度に、びっくりして見せるのよ」

「よし!　それぐらいなら僕だって——」

と言いかけたとき吉野がパッとドアを開けて、

「社長!　大変です」

「どうした?」

もう見付かってしまったのか。

「警察犬が——」

「何か見付けたのか?」

「玄関先に小便をしました!」

僕としては、実に寂しい気分になったのだった……。

そこへ、しかし、本物のニュースが飛び込んで来た。池山刑事だ。

「池沢さん……。織田さんの死体が見付かりました」

「まあ、お気の毒に！」

すかさず祐子が言った。これで、僕も多少は心の余裕ができた。

「どこで見付かったのですか？」

と僕は訊《き》いた。

「それが、このすぐ裏手の林の中だったんです」

「それはまた……。しかし、さすがに、警察犬ですね」

「いや、見付けたのは、人間の方でして、あの犬はまるで別の方向へ向って、走って行ってしまったんです」

「――どういう意味です？」

「そっちにネズミか何かがいたらしいんで、それを追っかけて行ったんです」

僕は不思議に、その犬のことを怒ったり、馬鹿にしたりする気にはなれなかった。

そいつはきっと警察犬の中でも落ちこぼれの一人――いや一匹なのだろう。やはり、何をやってもあまりうまく行ったためしのない僕としては、限りない親近感を覚えるのだ（ちょっとオーバーだったかな）。

「人間が見付けたって、どういうことですの？」

と、祐子が訊いた。

「ええ、それが、犬を追っかけてるうちに、誰かが、『変なものが突き出てるぞ！』と叫びまして、駆け寄ってみると、何と人間の手だったんです」

「まさか！」

と僕は叫んで、あわてて口をつぐんだ。

この自制心を見よ！　以前の僕ならきっと、

「そんな馬鹿な！　僕はちゃんと深く埋めといたんだぞ」

と叫んでいたに違いないのだ。

やはり殺人は人を成長させるという、すばらしい例がここにも見られたわけである。これを論文に書いて、一つ博士号《はかせごう》でも取ってやろうかしら。

——それはともかく、「まさか！」という叫びは、特に池山刑事の注意を引きはしなかったようだ。

ただびっくりしただけだと思ったらしい。

「ところが事実なんです」

と、池山は言った。「掘り返してみると、やはり織田さんの遺体でした」

「どうして亡くなったんですの？」

と、祐子が言った。

「刺し殺されたんです。——憎むべき犯行です！」

「本当にお気の毒でした」

と僕は言った。

あたかも、シリアスドラマの一場面の如《ごと》き光景が展開したわけだが、池山が、そこでハッと我に返って、

「そうだ！　急いで署へ連絡しなくては。——では、失礼します」

と、出て行く。

「——大変なことになりましたね」

と、吉野が言って、「じゃ、私も失礼して……」

一礼して出て行く。

僕と祐子は、しばし、黙っていた。——あんまりロマンチックな沈黙ではなかった。

「——祐子」

と言いかけた僕を、

「しっ！」

と制して、「二階へ行きましょう。聞かれると困るわ」

寝室へ入ると、僕は、

「僕はちゃんと埋めたんだ！　本当だよ！」

と、強調した。

「分ってるわ」

と、祐子は肯《うなず》く。

「でも――どうなっちゃってるんだ？」

「誰かが掘り返したのよ」

と祐子は言った。

「でも……誰が？」

「分らないけど。――だって、あなたは、織田の死体と浮浪者の死体を一緒に埋めたんでしょ？」

「そうだよ。だって、二つも穴掘る元気、なかったもんな」

「だったら、警察が二つ死体を見付けてるはずよ」

「そうか。――つまり、誰かが掘り出して、織田の死体だけを――」

「目につくように残しておいたのよ」

「ふざけた奴《やつ》だ、全く！」

と僕は言ったが、何がふざけていたのか、実際は良く分っていないのである。

「ともかく、あの人を殺したのは私だわ」

と祐子はため息をついた。「私さえ捕まれば、それで済むことなんだわ」

「何を言ってるんだ！」

僕はひしと祐子を抱きしめた。——ウム、決ってるぞ！

「あなた……私を見捨てないでね」

祐子がすがりついて来る。——僕の胸は高鳴った。

こんなときに、こんな所で、とは思ったが、人間というのは、感情の動物なのである。

もちろん理性を保つことも重要だが、時には一時の感情のままに身を委《ゆだ》ねることも、人間的というものだ。

でなければ、人間はコンピューターのようなものになってしまう。

とはいえ、この場で——つまり、下には刑事がおり、ドアには鍵《かぎ》もかけてないという状態で、祐子とベッドへ転がり込むというのは、客観的に見れば、非常に危険なことであった。

しかし、正しい者には天が味方する——かどうか知らないが、ほんの十分ほどの、短い愛情の交換の間、誰一人としてドアを開けたりしなかったのである。

「——愛してるわ」

祐子は、服の乱れを直しながら言って、ニッコリ笑った。

「僕もだよ」

二人の唇が軽く触れ合った。

「──下へ行ってみましょう。刑事さんたちが大騒ぎしてると思うわ」

「そうだね」

祐子は僕を見て、

「──そんな幸せそうな顔してちゃだめ」

「そう?」

「だって、奥さんを誘拐されて、しかも、刑事さんが殺されたのよ。もっと深刻そうな顔をしなきゃ」

「そうか。じゃ……こんな感じ?」

「もっともっとふさぎ込んだように」

「──これぐらい?」

「もっと暗くなれない?」

「カーテンでもつるして行くか」

「まさか。──それでいいんじゃない? じゃ行きましょうよ」

一緒に降りて行くのもまずいというので、僕は少し遅れて降りて行った。

「──池沢さん」

添田刑事も、さすがに深刻な様子だった。

「添田さんが殺されたそうで、お気の毒でしたねえ」

と僕は言った。

「私は生きております」

と添田が顔を赤くして、言った。

「あ、失礼。織田さんでしたね」

「いや――全く、部下を失うというのは辛《つら》いものです」

添田はため息をついて、「特に彼は、いい部下でした」

「はあ……」

人をゆするのがいい部下か！

「まあ、あまり頭の切れるという男ではありませんでしたが……。あまり機敏でもなく、よく犯人を逃がしました。よく物忘れをして、犯人の逮捕に行って、大根を買って帰って来たこともあります」

「はあ」

「それに方向音痴で、自宅へ帰れなくなって交番へ届け出たことが何度かありました」

「それは凄《すご》い」

「犯人を逮捕に向って迷子になり、着いたときは翌日だったということも……」

「で、犯人は?」

「死んでいたので、逃げられはしなかったのです」

「良かったですね」

「射撃は下手《へた》で、柔道も苦手でした。走るとすぐに息を切らし、深酒で暴れることもしばしばで、遅刻は多いし、勤務中に酔っ払っているし……」

添田は一つため息をついて、「——しかし、いい部下でした!」

と言った。

どこがいい部下なのか、僕には、到底理解できかねた。

「ともかく、犯人を見付けなくてはいけませんね」

「必ず、この手で手錠をかけてやります!」

と添田刑事は言った。

そして、急に普通の口調に戻って、

「ああ、そうだ。死体を玄関に置かせてもらっています。すみませんが、すぐ引き取りに来ますので」

「はあ、どうぞ」

と僕は言った。

玄関が汚れる、と思ったが、まあここは我慢しよう。

「犯人の見当はついているんですか？」

「やはり織田を恨んでいる人間の犯行だと思います」

と添田は、しごくもっともなことを言った。

「すると、妻が誘拐されたことと関係は――」

「それは何とも言えません」

添田は考え込みながら、「まあ、犯人に訊いてみればはっきりすると思いますが」

これで刑事がつとまるなら、楽な商売である。

「添田さん、お電話です」

と、祐子が言った。

「や、どうも」

添田は受話器を取って、「――うん。――なに？――そうか」

とブツブツ言っていたが、突然、

「本当か！　どうして早くそれを言わん！」

と大声を上げて飛び上った。

他の者たちもびっくりして、飛び上りそうになった。

「よし！　すぐにこっちへ連れて来い！」

と、添田は怒鳴るように言った。

僕は祐子と、そっと顔を見合わせた。

「やりました！」

添田が、電話を切って、得意満面という様子で言った。

「どうしたんです？」

「大倉です。見付けて連行したのです。今、こっちへ連れて来るように言いましたよ。

——これで、やっと見通しがついて来ました」

こっちは、ますます見通しがつかなくなって来ていた……。

17　誘拐犯

「池沢さん……」

と、添田刑事が近寄って来て、言った。「実は、あなたにお話ししておきたいことがあるのですが」

僕は、一瞬、ひるんだ。

何しろこの迷刑事が、改まった口調で何か言い出すと、ろくなことはないのだ。

きっと今夜の食事は、うな重の松にしろ、とでも言い出すんだろう。

「もうすぐ、大倉高志がここへ連れて来られます」

「はあ」

大倉高志というのは、つまり僕の妻を誘拐した容疑をかけられている男だ。

「もうすぐ六時ですな」

「遅いですね。さっきから、『もうすぐ着く』とおっしゃってますが」

「交通渋滞に巻き込まれているのかもしれません。——それはともかく、間もなく着くことは間違いないのです」

「はあ」

「それは、確かに十五分以内とは申し上げられませんが、明日の朝になるとは考えられません」

一体何が言いたいんだ、この刑事は？

「で、大倉という男がここへ来て、どうなるんです？」

「そこなんですよ」

と、添田は重々しく肯いた。

何だかわけが分らないで、いくら重々しく肯いたって、ちっとも感動などしやしないのである。

「池沢さん。私は、あなたに、冷静でいていただくよう、お願いしたいのです」

と、添田は言った。

これ以上、どうやって冷静になれと言うんだ？　冷蔵庫にでも入るか。

「私には、あなたの気持が、実に良く分ります」

こっちにはさっぱり分りません。

「――池沢さん、大倉はあなたの奥さんを誘拐した、憎むべき極悪人に違いありません。しかし、我を失って、襲いかかるようなことのないようにして下さい」

「なるほど」

やっと言っていることが分った。全く回りくどい男だ。

そんなこと、いちいち言われなくたって、何しろ美奈子は僕が殺したんだから、その大倉とかいう男を、僕が襲う理由なんて、ないのである。

「ご心配なく」

と、僕は言った。「僕も理性のある人間です」

「いや、そう言っている人が危ないのです」

と添田は教えさとすように、「内心は、その男の首を引っこぬいてやりたい、五体バラバラに引きちぎってやりたい、火をつけて焼き殺したい、ビルの天辺《てっぺん》から投げ落としたい、と思っておられることでしょう。いや！　それが当然です！」

冗談じゃない！　僕は、添田って男、サディストなんじゃないか、と思った。そんな残酷なこと、僕は考えもしなかったのに。

「しかし、そこをこらえて下さい！　ぐっと抑えて下さい。奥さんの安全のためには、じっと堪える他ないのです！」

「だから大丈夫ですよ」

と、僕は少々うんざりして来て、言った。

「そうですか。安心しました」

と、添田はホッとしたように肯いて、「では、夕食は、うな重の松にして下さい」

僕はひっくり返りそうになった。

「わ、分りました」

「いや、これも捜査のためなのです」

「うな重がですか？」

「大倉が来る頃《ころ》には夕食の時間になります」

「そうですね」

「大倉にも、そのうな重を食べさせてやるのです。——どうせ、奴は、取調べを受けていて、何も食べていません。空腹ほど人間をみじめな気分にさせるものはありませんからね」

「なるほど」

それは真理かもしれない。

「そこへ、うな重の松が出る！　しかも、自分が誘拐している女性の夫が、出してくれるのです。大倉は、人の情というものに触れて感動し、良心の呵責《かしゃく》に、涙を流すでしょう。そして、ガバとあなたの前にひれ伏し、総《すべ》てを告白する——」

「そううまく行きますか？」

「だめでしょうね」

と添田はアッサリと言った。「しかし、〇・一パーセントぐらいの可能性はあります。私はそこへ賭《か》けたいのです」

「すると刑事さんたちは、大変な理屈がくっつくものだ。

うな重一つに、松でなくて、竹か梅でも？」

「いや、やはり松の方がいい。同じものを食べている、つまり、同じ人間として扱ってもらえていると思えば、大倉は感動して、ガバとひれ伏し——いや、これはさっきやりましたね」

「ともかく、うな重の松を注文するんですね。分りました！」

僕は台所へと避難した。あの刑事に付き合っていたら、きりがない！

「あら、どうしたの？」

洗い物をしていた祐子が訊いた。

「うな重の松だってさ。——全く、この誘拐事件は、あの刑事たちが、タダ飯を食うための陰謀じゃないかと思えて来るよ！」

「まさか」

と、祐子は笑って、「——でも、その誘拐犯っていうの、いつ来るの？」

「もうとっくに着いてなきゃいけないんだってさ」

「そう」

「——どうしてだい？　やっぱりうな重が気になるの？」

「違うわよ。ちょっと興味あるじゃない？　凶悪犯なんて近くで見たこと、ないんだもの」

僕はちょっと渋い顔になって、

「僕以外の男にも、興味があるかい？」

と言った。

祐子は笑って、

「そういう意味じゃないわ。——お馬鹿さんね！」

と、チュッとキスしてくれる。

これで、いっぺんに機嫌が直るのだから、僕も単純である。

祐子は台所の電話でうな重を注文すると、コーヒーを淹《い》れた。

「刑事さんたちへ出すわ。ドアを開けて、押えててくれる？」

僕が言われた通りにして、盆を持った祐子を通してやる。——居間では、刑事たちが、のんびりとおしゃべりをしたり、週刊誌を読んでいる。

TVや映画で見る緊迫感とは、およそほど遠いムードであった。

「——や、どうも」

と、添田が真っ先にコーヒーを受け取って、一口ガブリとやって、「アチチ！」と飛び上った。

がっついてるんだから、全く！

そのとき、玄関でチャイムが鳴った。祐子が盆を置いて、玄関に出る。

ドアが開くと、どこかで見たような男が入って来た。——あの写真の男、大倉高志だと気付くまでに、時間はかからなかった。

しかし、受けるイメージは大分違っていた。取調べに疲れた様子など、まるでなく、ずかずかと、居間へ入って来た。

刑事たちが、後からあわてて追いかけて来る。——手錠をしていなければ、大倉の方がよっぽど威張って見えた。

大倉はグルッと居間の中を見回すと、添田刑事に目を止め、ニヤリと笑った。

「何だ、添田さんじゃねえか」

すると添田が立ち上って、

「どうも、その節は――」

とやり出したので、僕はびっくりした。

「いや、元気そうだね」

「大倉さんもお変りなくて……」

「座らしてもらうぜ。パトカーってやつは乗り心地が悪くて疲れるからな」

「どうぞ、どうぞ。――さあ、こちらへ」

僕がポカンとして眺めていると、添田は僕の方へやって来て、

「――こうして、人間らしく扱ってやるのが、自白を促すコツなのです」

と低い声で囁《ささや》いた。

それにしても、やりすぎじゃないのか？

「遅かったじゃないか！」

ガラッと態度が変って、添田が、大倉を連れて来た刑事へ怒鳴った。

「すみません。大倉の奴が、腹が減った、とうるさいもんで、途中、うなぎを食って来たんです」

添田の顔がこわばった。

「うなぎだと？」

「どうしてハンバーグか何かにしなかったんだ!」

怒る方が無理である。添田は、何とか怒りを抑えて、

「で——いくらだった?」

「は?」

「いくらのうなぎを食って来たんだ?」

「ええと……高い店でしてね。三千円だったと思いますが」

添田は僕の方へ、

「いくらのを注文しました?」

と訊く。

「さあ、僕は……」

祐子の方を見ると、

「二千八百円でしたわ。それが一番高いんですの」

「ああ!」

添田はため息をついた。「——私の計画は水の泡だ!」

もともと泡みたいなもんじゃないか。

添田は急にキリッとした顔になると、

「はあ……」

「こうなっては仕方ない。――おい、大倉！　ここの奥さんをどこへやった！　素直に吐け！」

よくもまあ、ここまで変れるものだ。――僕はまるで、TVのワンマンショーを見ているような気になって来た。

「知るもんかい」

大倉の方の態度は一向に変らない。「俺はやっちゃいないぜ」

「フン、しらばくれてもだめだ。お前ともう一人の仲間が、猿ぐつわをかませた女を、車に乗せていたのを、ちゃんと目撃した人間がいるんだぞ！」

これで相手が恐れ入ると思ったら大間違いで、大倉は、ゲラゲラ笑い出したのである。

「――何がおかしい！」

添田が真っ赤になって怒鳴った。

「だってよ……。そりゃ、男一人と女一人、一緒に車には乗ってたぜ」

「じゃ、認めるんだな！」

と、添田がぐっと身を乗り出す。

「でも女は風邪《かぜ》ひいてたんだ。だからマスクをしてた。猿ぐつわなんかじゃねえよ」

なるほどマスクか！

口に布を当てているには違いない。僕は吹き出したくなるのを、必死にこらえていた……。

「——まだしつこくやってるわ」

夕食の後、片付けを終って、祐子が二階の寝室へ上って来て言った。

「あの刑事は天然記念物にすべきだね」

と僕は言った。

「でも、あの大倉って男、面白いわね」

「そうかい？」

「刑事さんが一人でカッカして怒鳴ってるのよ」

「あの刑事にまともについて行くのは大変だよ」

と言って、僕は、祐子を抱き寄せた。

「だめよ……。人が来るわ」

と言いながら、祐子は、優しくキスしてくれた。「——明日は大変よ。お金をおろして、指定の場所へ届けなきゃ」

「そういえば電話がないね。忘れてるのかな？」

「まさか。——今夜か明日の朝、かかって来るわよ」

「美奈子の死体はどこに行ったんだろう?」

「分らないわ。それに、あの浮浪者の死体もね」

「分らないことだらけだな」

分っているのは、僕が美奈子を殺したことぐらいだ。

「今夜は一晩中、あの大倉って男を訊問《じんもん》すると言ってたわ」

「一晩中?」

僕は顔をしかめた。そんなにいつまでも起きていられちゃ、祐子をベッドへ連れて来ることもできなくなる。

「でも、大丈夫よ」

と、祐子が僕の心配を読み取ったらしく、言った。

「あの刑事さん、そう言いながら、凄い大欠伸《おおあくび》をしてたもの」

そこへ、ドタドタと階段を駆け上って来る足音がした。あれは間違いなく、若い池山刑事だ。

「池沢さん!」

とドアが開く。「お電話です」

「電話?」

僕は緊張した。やはり、たまには緊張しないと、申し訳ない(?)。

「いや、何だか分らないんです」

確かめてくれりゃいいではないか！——ともかく、出ないわけにもいかず、僕は階下へ降りて行った。

「誘拐犯ですか？」

「変な女なんです」

と、添田が言った。「少しイカレてるのかもしれませんな」

僕が受話器を取って、

「池沢ですが——」

と言うと、

「ちょっと！　今、『イカレてる』とか言ってたの、誰《だれ》なの！」

と凄い声が飛び出して来た。

住谷秀子だ。——美奈子を殺したとき、亭主ともども訪ねて来た女である。

「いや——その——」

と僕はしどろもどろになった。

「柄の悪い下男を使ってるのね」

と、秀子は言った。「美奈子に代ってよ」

「それが——」

「どうしたの？　まだ具合悪いの？」

「うん。──ちょっと電話に出られる状態じゃないんだよ」

「そんなに？　どうして、入院させないのよ！」

「分った。頼むから、そんな凄い声、出さないでくれ」

「凄い声で悪かったわね！」

「いや、つまり──」

「今からそっちへ行くわ」

「何だって？」

「あんたに任しといたら、美奈子は死んじゃうわ」

もう死んでるのだが、そうも言えない。

「だけどね──」

「ともかく、何が何でも入院させるからね」

「ちょっと待ってくれよ！」

「じゃ、すぐに出るわ！」

「おい！──もしもし！──もしもし！」

すでに電話は切れていた。

18　命がけの鬼ごっこ

僕が住谷秀子のことを説明して、

「美奈子が病気だと言ったのを、信用してるんですよ」

とため息をつく。「どうしたもんでしょうね?」

「困りましたな、それは」

と、添田は首を吊《つ》った。いや、首を振った。

「うまく説明して、納得すると思いますか?」

「説明して、説明して下さい」

「無理だと思いますが……」

「では仕方ありません」

と添田は決然と言った。

「どうします?」

「何とかしましょう」

誠にユニークな人間だ、と僕は改めて感心した……。

——住谷秀子がやって来たのは、三十分後のことだった。

「──美奈子はどこなの？」

と、居間へ入って来た。

「いや、実は──」

「この人たち、誰？」

と見回して、「電気屋さんか何か？」

「失礼します」

と添田が言った。「私どもは警察の──」

「あっ！」

と、秀子が大声を上げて遮った。「あんたでしょ！」

「は？」

「さっき、電話で、私のこと、イカレてると言ったの。──あんたね！」

「まあ、ちょっとした誤解があったのです」

「説明してもらおうじゃないの」

と、秀子は、腰に手を当てて、キッと添田をにらみつける。

「つまりその──美奈子さんは誘拐されたのです」

「誘拐？」

「はい。つまり、さらわれたのです。かどわかされたのです」

「それぐらい分るわよ。でも——本当なの？」

「そうです。こうして我々は、犯人からの電話を待っているというわけでして」

「じゃ……本当にさらわれたの？」

秀子の目が輝いた。どう見ても、友人の安否を気づかっている顔ではない。

「で、お気の毒ですが——」

「本当に気の毒ね」

「いや、あなたのことです」

「私？——どうして？」

「つまり、このことが外へ洩《も》れては、困るのです」

「私なら——」

「大丈夫とは思いますが、念のため、今夜はここで過ごしていただきます」

僕はびっくりした。——冗談じゃない！

秀子に一晩中いられたらどうなっちまうか……。

「添田さん。それはひどいじゃありませんか！」

と僕は言った。「彼女にはご主人もいるんです。ここへ来て帰らなかったら、心配しますよ」

「あら、平気よ」

と秀子が言った。「うちの人、急に用で出かけたの。二日は帰らないわ」

「すると――」

「私、絶対にここから動かないからね！」

秀子は、ソファにデンと座って落ち着いてしまった。――僕は、すでに絶望的な気分になっていた。

楽しい時間も、辛い時間も、いつかは過ぎる。

これが真理である！

夜、十二時。祐子は、そっとベッドから抜け出した。

「――気づかれなかったかな？」

「大丈夫よ」

と、祐子は手早く服を着た。「シャワーを使うと、誰かが聞きつけるかもしれないわね」

「そうだね」

「いいわ、我慢する」

祐子は、暗い部屋の中で、伸びをした。

「下へ行くの？」

「ソファで寝かしてもらうわ。だって、変でしょ、他のベッドで寝ても」

「そうだなあ。――じゃ、僕も、ソファで寝ようか」

「いいわよ。あなたはここのご主人なんだもの」

と、祐子は、巧みに僕の心をくすぐるのである。

「ついに電話はなかったよ」

「そうね。――明日かけて来るつもりなのよ、きっと」

「呑気《のんき》な犯人だな」

考えてみれば、どっちが呑気だか分らないが……。

「じゃ、おやすみなさい」

と、祐子は言って、もう一度僕にキスして、出て行った。

僕は独りまどろみに、すぐに落ちて行った……。

ふと気が付くと、誰かが僕の体を揺さぶっている。目を開くと――

「起きて、大変よ！」

祐子である。

「何だ、もう朝かい？」

「違うの！」

「じゃ何だい？」

「いなくなったの」

「——誰が？」

と、僕は寝ボケマナコで訊いた。

「あの男よ。大倉っていう——」

「いなくなったって……どうしたの？」

「分らないの。下へ行って、居間へ入って行ったら、みんなスヤスヤ眠ってたの。これはいいや、と思ったら、あの男だけいないじゃない」

「トイレにでも行ったんじゃないのかい？」

「一人で手錠を外して？」

僕はムックリと起き上った。

「つまり、逃げたってこと？」

「そうらしいの」

と、祐子は肯いた。


「——全く、これは、何と言えばいいんでしょうか？」

添田刑事は、芝居がかった調子で言った。「こんな失敗は、私の輝かしい経歴の中で、初めてのことです！」

自分のことを「輝かしい」とは、あまり言わないと思ったが、黙っていた。

「不覚でした。——つい、疲労が、深い眠りを呼んだのです」

何が疲労だ。何もしてないくせに！　僕は、腹が立った。

僕などは、穴を掘ったり、人を殺したり、大変な仕事をしているのに！

「添田さん」

と、池山刑事がやって来た。「外にいた警官は、誰も大倉を見ていませんよ」

「そうか！　すると奴はまだこの中にいるんだ」

と、添田は急に元気になった。「よし！　みんな捜せ！　床をはがし、壁に穴を開けてでも大倉の奴を見つけるんだ！」

と叫ぶ。

僕の方がびっくりした。

「添田さん！　そんな乱暴されちゃ困りますよ！」

「ああ——いや、これは単なる言葉上のことです。まさか壁と壁紙の間に隠れるわけはありませんからな」

と添田は笑った。

「それならいいんですけど」

僕はまだ信用できなかった。この刑事ならやりかねない。

「あの——」

と、祐子が言った。「口を挟むようで、申し訳ないんですけど」

「何でも言ってみて下さい」

この刑事、女性には極めて寛大なのである。

「これだけ人数がいて、ここはお城じゃないんですから、一つずつ、部屋を捜索して行った方がいいんじゃありませんか？」

「なるほど」

添田も、祐子のいかにも理にかなった、天才的な（はオーバーか）考えに、肯かざるを得なかったようだ。

「そうしましょう。——おい！　みんな集まれ！」

と声をかけた。「いいか、二階から、シラミつぶしに捜して行くぞ。——必ず見つけるんだ！」

さすがに、添田の言葉には、多少のプライドが感じられた。

「警察の威信がかかっているんだ！」

と力強く言った。「俺のクビもかかっているんだ！」

後の方は、絶叫に近くなった。

まず二階ということになり、添田たちがゾロゾロ上って行く。

一階にいる場合も考えられるので、僕と祐子、それに池山刑事の三人は、居間に残っていた。

「ちょっとトイレに行って来ます」

と、池山は居間から出て行った。

「緊張してるのね」

と、祐子は微笑《ほほえ》んだ。「可愛《かわい》いじゃないの、あの人」

「おい――」

「また、すぐやくんだから」

と、祐子はいたずらっぽく笑った。

「大丈夫かな、調べられても」

「平気よ。そんなに隅々まで調べるわけじゃないもの。人が隠れそうな所を調べるだけでしょ」

「うん、まあ……」

と僕が呟《つぶや》いたときだった。

ドタドタッという音がした。――僕と祐子は顔を見合せた。

「何だろう？」

「地下室の方よ」

「行ってみよう」

僕たちは居間を飛び出した。

階段の下に、池山刑事がのびていた。

「足を踏みはずしたんだな」

「トイレと間違えたのかしら」

「仕方ないなあ、全く——」

と、降りて行こうとすると、突然、地下室の中から、あの大倉という男が現れた。

「おい、それ以上来るな！」

と大倉は言った。

僕はおとなしく、言われるままに退《さ》がった。大倉は、拳銃《けんじゅう》を手にしていたのである。

「こういうドジな刑事がいてくれると助かるぜ」

と大倉は笑った。「おい、他の連中を呼んでこいよ」

「ど、どうするんだ？」

「色々と話があるのさ。——ただし、妙な真似《まね》しやがると、この刑事の頭を撃ち抜くからな」

「——分った」

僕と祐子は階段の方へと歩いて行った。

ちょうど、添田が降りて来る。

「上にはおらんようです」

そりゃそうだ。

「添田さん。地下室に――」

「地下室があるんですな。何か食べる物でもあるかな」

「そうじゃないんです。大倉が地下室に――」

「何ですって！」

添田は飛び上った。「――あいつ！　もう逃がさんぞ！」

「あの――添田さん！」

話をする間も何もありゃしない。添田は、駆け出して行ってしまった。

そして――ドタドタッという音がした。

さっきと全く同じ音だった。

「いいか！　車を用意しろ！　ちゃんとした車だぞ！　オートマチックの、新車がいいな。分ったか？」

地下室から、大倉の声が聞こえて来る。「それから金を三千万用意しろ！」

「三千万か……」

と僕は呟いた。

「一人、千五百万円ね」

と祐子が言った。

下では、添田と池山が二人とも人質になっているのだった。

19　ビューティフル・モーニング

朝になった。

コケコッコーというニワトリの声は、聞こえなかったが、代りに、

「アーア」

という欠伸の声が居間のあちこちで起こった。

僕はボリボリと頭をかきながら、二階から降りて来た。すっかり寝不足なのである。

「おはよう」

と台所へ入って行く。

「あら、早いのね」

と祐子がニッコリと笑う。「よく眠れたの？」

「まるきり、さ」

と僕は祐子の首筋に素早くキスした。

「くすぐったいじゃないの！――でも、それにしちゃ、元気そう」

「君の顔を見ると元気が出るのさ」

「上手いこと言って……。お尻《しり》なんてなでてちゃだめじゃないの、こんなときに」

「こんなとき？」

「そうよ。池山さんと添田さんが二人とも大倉の人質になってるっていうのに」

「あ、そうか。どうして寝不足なんだろうって考えてたんだ。それで分った」

「呑気ねえ」

「だって、居間の刑事たちだって、みんなグーグー眠ってたんだぜ。ひどいもんだな、全く」

ドアが開いて、

「ああ、すみません。コーヒーを一杯いただけますか」

と刑事の一人が顔を出した。「何しろ、みんな眠気がさめなくて」

「ええ、今お持ちしますわ」

と祐子は肯いた。「下の三人にも、朝食を運ばないといけませんわね。お腹が空《す》くと、人間って苛々《いらいら》するものでしょ」

祐子の深遠な洞察力には、全く感心する他はなかった。

「そうですね。まあ、下は後でもいいでしょう」

添田のような上司の下には、さすがにいい部下が揃《そろ》っている。一人は仲良く凶悪犯の人質になり、他の部下は、先にコーヒーをよこせ、と言う……。世の中はこれでいいのだろうか？

「――で、下の方はどうするんです？」

と僕は訊いた。「大倉は三千万円と車を要求してますよ。応じるんですか？」

「さあ、どうでしょうね」

と、大して関心のない様子で、「ともかく、上の方に相談しませんとね」

居間へ行くと、刑事たちは新聞をめくったり、ＴＶを見たりしている。

「こいつは必ず見るようにしてるんだ」

などと言いながら、〈連続テレビ小説〉なんか見ているのだ。

呆《あき》れたというか、何というか……。

「ともかく、僕は銀行へ行って来なきゃならないんです」

と僕は言った。

「銀行ですか。電気代でもたまってるんですか？」

「妻の身代金をおろしに……」

「あ、そうでしたね！　どうぞ、我々に構わず行って下さい」

拍子抜けすること、おびただしい。大体、この刑事たち、なぜこの家に来たのか、忘れちゃってるのじゃないか？

「社長」

と声がして、振りむくと、吉野である。

「やあ、どこへ行ってたんだ？」

「朝の散歩です」

この野郎！　とぼけやがって！

僕はそう怒鳴りたいのを、じっとこらえた。こんなとき、朝の散歩にのこのこ出て行く奴があるものか！

「これから金をおろしに行くよ」

「一緒に行きましょう。お一人じゃ、危いですよ」

こんな手に乗るほど、僕はお人好しではない。一緒に来られちゃ、却《かえ》って危険だ。

「いや、これは夫のつとめだからな。僕一人で行く」

「さようですか」

僕は内心ニヤッとした。吉野の奴、きっと心の中じゃ、畜生、と歯ぎしりしているに違いない。もっとも、心の中には歯はない。などと、うるさい人は言い出すかもしれないが……。

「おはよう！」

突然、凄い声が耳もとでして、僕は飛び上りそうになった。振り向くと、住谷秀子である。そういや、こいつもいたんだっけ。

「今日は何が起こるのかしら？」

と、舌なめずりせんばかり。

「ともかく、地下室の三人を何とかしなきゃァね」

と僕が言うと、秀子は声を低くして、

「ね、もうどっちか一人は殺されたと思う？　私、あの若い方を生かしといてほしいわ。あなた、どっちが好き？」

呆れて言葉もない。――血に飢えた吸血女みたいだ。

僕のように心優しい人間には、とても、そんな想像はできない。もっとも、そのくせ、女房を殺しはしたのだが。

「あの――」

と祐子が声をかけて来た。

トーストやコーヒーポットなどをのせた、大きな盆を持っている。

「やあ、悪いですね」

と吉野が図々しく言った。「ちょうど、お腹が空いてたんです」

「馬鹿、お前のじゃない！」

と僕はたしなめた。

社長をさしおいて、秘書が朝食をとろうとは、何たることだ！

「そうなの。悪いけど、これは地下室へ持って行くのよ」

僕はあわてて咳払《せきばら》いした。

「そ、そうとも。それが当然だよ。でも――君が持ってっちゃ危いよ。何しろ、相手が相手だ」

「じゃ、誰が？」

「もちろん刑事さんさ！　危いことは、あの人たちへ任せればいいんだよ」

僕が刑事の一人を捕まえて、話をすると、

「いや、しかし……それは危険だなあ」

と、露骨にいやな顔をする。

「だからお願いしてるんですよ」

「大倉は警察に対して反感を抱いてますからね。――却って女性の方が、危害を加えないかも――」

「何かあったらどうするんです！」

と僕は抗議した。

「そうですねえ……。犬の背中にくくりつけるとか、リモコンの模型飛行機で運ぶとか、何とかして──」

「彼女に行けとおっしゃるんですね？　もし、大倉に捕えられ、強姦《ごうかん》されでもしたら、その責任はあなたが取ってくれるんですか？」

僕のように、おとなしい男でも、恋人のためとなると、かくも強くなれるのである。気の弱い男性諸君は安心したまえ。

「そ、それは……」

と刑事が困って頭をかく。

とかく、役人というやつは、「責任」という言葉を聞くと逃げ腰になるのである。

「その件については、上の方と相談しませんと、私の一存では……」

と言い出した。

「私が行くわよ！」

と、割って入ったのは、何と秀子だった。

「しかし──危いですよ」

と僕は言った。「何かあって、ご主人に恨まれちゃかなわない」

「大丈夫よ！」

と秀子は、祐子の手から盆を引ったくるようにして、「私、一度、そういうスリリングな体験してみたかったの。心配しないで」

と、さっさと歩いて行く。

一瞬、誰もが呆気《あっけ》に取られて立っていたが、すぐワッと後を追いかけた。しかし、秀子は、もう盆を手に、地下室への階段を降りて行くところだ。

「――大丈夫でしょうか？」

と吉野が言う。

「僕が知るか」

「しっ！」

と祐子が遮る。

みんな、階段の近くで、じっと息を殺していた。下のドアが開く。――秀子が盆を手に中へ入ったようだ。

重苦しい沈黙。

今にも、秀子の悲鳴と、服を引き裂く音が聞こえて来るんじゃないかと胸をときめかせて――いや、ハラハラしながら待っていた。

少し間があった。静かである。

「どうなってるのかしら？」

と、祐子が低い声で言った。

「どうにかなってるでしょう」

と、怠慢な刑事が言った。

ドアが開く。そして、階段を、秀子が上って来た。ムッとしたような顔だ。

「だ、大丈夫？」

と僕が訊くと、

「頭に来るわ！」

と、秀子は拳《こぶし》を振り回した。「私に何もしないのよ、あの男！」

階段の下から、

「おい！　誰かいるか！」

と、声がした。

まだ死んでいなかったらしい。添田の声である。刑事があわてて、

「は、はい！　大丈夫ですか？」

「どうなってるんだ！　金と車の用意はできたのか！」

「それは、課長の許可がないと。――さっき電話したんですが、会議中だそうで」

「馬鹿！　俺たちが殺されてもいいのか！」

添田の声は、かなり、焦りを感じさせた。奥で、大倉が笑っているのが聞こえる。

「――おい、聞けよ」

大倉が出て来たらしい。「正午まで待って、用意できなきゃ一人殺す。どっちにするかは、これからゆっくり決めるからな。今、九時半だ。二時間半の間に、何とかするんだ」

「――分ったのか！」

添田の叫びは悲痛だった……。


「――三千万しかできない？」

僕はため息をついた。「そこを何とかならないのかい？」

考えておくべきだった。一億円などという大金は、支店ですぐには揃わないのだ。

「――分った。いや仕方ない。今から行くから、三千万だけでも用意しといてくれ」

僕は電話を切った。

「だめなんですか？」

と吉野が訊く。

「うん。明日でないと一億は用意できないってさ」

「犯人から電話があるといけませんから、早く行ってらした方が――」

と祐子が言う。

「そうするよ。――じゃ、僕は銀行へ行って来ます」

と刑事に声をかける。「添田さんたちはどうなるんです?」

「それがねえ……」

と刑事は頭をかいて、「課長が二日酔いで機嫌悪くて。『そんな奴の言うなりになっては警察の恥だ!』と、こうなんですよ」

「じゃ、どうするんです?」

「何としても逮捕しろ、という命令でしてね——」

「でも、人質がいるんですよ」

「分ってます。しかし、課長の命令ですからねえ」

「はあ……」

「宮仕えは辛いもんです」

そんな呑気なこと言ってる場合か、と言ってやりたかったが、まあこっちの知ったことじゃない。

いや、そうでもないのか。何しろ大倉は、美奈子の誘拐容疑で、ここへ連れて来られたのだから。

「——それにしても妙ね」

玄関の方へ出て来て、祐子が言った。「あの大倉って男、どうしてあんな無茶をしたのかしら?」

「きっと他にも、何かやらかしてるんじゃないかな」

「そうね。――これで、『誘拐犯』から、また電話がかかれば、大倉が少なくとも、奥さんを誘拐したんじゃないってことが分るわけね」

「こっちにゃ、とっくに分ってるけどね」

「しっ！　誰か聞いてたら大変よ」

と祐子が周囲を見回す。

「大丈夫さ。今は、みんな地下室の方に注意を取られてる」

「じゃ、早く行って来て。例の犯人から、電話があるといけないわ」

「そうだな。――キスしてくれよ」

「だめよ、こんなときに」

「ちょっとだけでいいからさ」

祐子は、

「悪い人ね……」

とか言いながら、僕の唇にチュッとキスしてくれた。

これでもう、昼食抜きでも大丈夫だ！

出かけようと玄関のドアに手をかけると、

「池沢さん！」

と刑事が走って来た。

「何でしょう？」

「お願いがあるんですが」

「というと？」

「出られたついでに、ハンバーガーを十個ばかり買って来てください。ケチャップをつけて」

――添田の部下にふさわしいセリフだ、と僕は思った。

十二時には、二人の刑事の内、一人が殺されるというのに、昼食の心配をしているのだから！――僕は、日本の警察の前途に、暗雲がたなびいているのを嘆かずにはいられなかった。

玄関を開け、すばらしく明るい朝へと、足を踏み出す。

20　お札の舞

玄関を入って、僕は仰天した。

銀行で三千万をおろして、戻って来たのは、やがて十一時になろうという時だったのだが、ともかく、一歩中へ入って、新宿駅か渋谷駅のラッシュアワーの中へ間違って入り込んだのかと思ったほどだった。

そんなはずがないのは分り切っているが、しかし、家の中は、廊下から居間まで、何十人——いや、百人はいようかという、制服警官で埋っていたのだ。

もちろん、座る所なんかありゃしないから、みんな手もちぶさたに立って話をしている。

急にここで〈全国警官親睦会〉でも開くことになったのかしら？

「帰ったの？」

と祐子が二階から降りて来た。

「うん。しかし、これは——」

「上に行きましょう。ともかく上に」

と、祐子が僕の手を引く。

寝室へ入ると、祐子がホッと息をついて、「びっくりしたでしょう？」

と言った。

「当り前だよ。どうなってるんだい？」

「あの刑事さんたちが、応援を呼んだの。そしたら、一人ずつ、バラバラに電話したものだから、あっちこっちから、警官がワァワァやって来て……」

「ひどいもんだな」

僕は金の入った鞄《かばん》を、ベッドの上に置いて言った。「一体何を考えてるんだろう？」

「ともかく、絶対逃げられない、ってことを大倉に見せて、自首させようってことなんでしょ」

「それにしたって、やり過ぎだよ！」

「仕方ないわ。ここは任せておきましょ」

「吉野や住谷秀子は？」

「下にいるわ。住谷さんなんて、見逃してなるもんか、ってワクワクして待ってるのよ」

「何を？」

「大倉が警官の弾丸を浴びてやられるのを、よ」

「あれでも女か！　全く！」

僕は呆れて、ベッドに腰をかけながら言った。

「女って、残酷なところがあるのよ」

と、祐子は僕の傍へ座った。「私にも……。分ってるでしょ？」

「うん……」

「私のことなら何でも分ってるわよね」

「隅から隅までね」

「フフ……。何だか変ね」

祐子の方からキスして来る。僕らはベッドへ倒れ込んだ。ドスン、と何か音がした。

金の入った鞄が落ちたのだ。構やしない。祐子の方が大切なのだから。

「こんなことしてちゃいけないわ……」

僕の腕の中で、祐子が言った。

「そうだね……」

「今後のことを検討しなきゃ……」

「電話は……かかって来た？」

「いえ……まだよ」

「三千万で……手を……打つかな？」

「だめ……じゃ……ない？」

「そう……かな」

やたらに「……」が入るのは、この間、僕と祐子の間で、親密な打ち合せが行われたことを示しているのである。

ドアがノックされて、僕らは、はね起きた。——祐子が髪を直しながら、ドアを開ける。

「どうも、お騒がせして」

と刑事が入って来た。

「下の方はどんな具合ですか？」

「はあ。――いよいよあと三十分しかありませんので、覚悟を決めなくてはなりませんね」

覚悟を決めるのは、添田たちの方だろう。

「じゃ、突入するんですか？」

と、祐子が言った。

「ええ。百人の警官が一斉に突っ込めば、きっと……」

あの狭い階段に百人もの人間が入るわけがない。やたらドタバタするだけで、大倉は結構どさくさに紛れて、逃げちまうかもしれない。

「添田さんは大丈夫ですか？」

「さっきも、『金と車はどうした！』と、怒鳴ってました。全く、心臓をえぐられる思いですよ」

と刑事は言って、「あ、ところで、ハンバーガーの方は……」

心臓をえぐられた人間の言うことじゃないような気がした。

「この鞄の中に。――札束の上に入ってます」

と僕は鞄を開けてやった。

「どうも。――しかし、百人もいるんじゃ、奪い合いになるな。ここで一ついただいて行きます」

と刑事はハンバーガーにかみついた。

「ねえ……こうしたらどうかしら？」

と、祐子が言い出した。

「何です？」

「大倉が要求してるのは三千万円でしょ？　ここにちょうど三千万円あるわ」

「それで？」

「これを大倉に見せるんです。車の方は、どうせ地下からじゃ見えないんですもの。金だけ渡せば、きっと車も用意されたと思いますわ」

「なるほど」

「大倉は安心して上って来る。そこを一斉に飛びかかって押えるんです」

祐子は僕の方を見て、「社長さんは、人情味の厚い方ですから、きっと、このお金を使わせて下さいますわ」

僕はぐっと胸を張って、

「もちろんです。この金がお役に立つのなら、どうぞ」

「いや、ありがとうございます！」

と刑事はハンバーガーを無理に口へ押し込んで、目を白黒させて、「――必ず――取り戻してお返しします！」

当り前だ！　返してくれなきゃ大変だ。

刑事が出て行くと、祐子が言った。

「あんな出しゃばったこと言ってごめんなさい。――怒った？」

「怒るもんか。すばらしいアイデアだと思うよ」

「本当？　あなたってすてきだわ！」

祐子がキスして来る。――このキスのためなら、三千万円、なくなっても――やっぱり惜しいや。

「あと五分だぜ！」

大倉の声がした。「どっちを殺すか、ジャンケンさせてるところだ」

「おい、お前はパーを出せ！」

と添田が言っている。

「いやです！　チョキを出すんでしょう」

「僕はお前を助けようと、グーを出すつもりなんだぞ！」

「当てになりません！」

「この俺が信じられないのか！」

「いつか、ラーメン代を踏み倒したじゃありませんか！」

ぜひともテープに取っておきたいやりとりである。

「おい、大倉！」

と、刑事が声をかける。

「何だ？」

「やっと用意ができたぞ！」

「金も車もか？」

「ああ、もちろんだ！」

「本当だろうな」

「だから出て来い！　手は出さん！」

「金をここへよこせ」

僕は、鞄を刑事に渡した。

「――今、投げるぞ」

鞄が放り出され、階段を転り落ちて行った。

しばらく、沈黙がある。調べているのだろう。

「――よし、どうやら本当らしいな」

大倉の声がした。「上って行くぞ。その辺から人を遠ざけろ」

「分った！」

「この年食った方の刑事《デカ》を連れてく。妙な真似すると、こいつを殺すぞ！」

百人の警官が隠れるところなんか、とてもないので、九十人は表で待つことになった。

十人だって、見えないように隠れているのは大変である。おまけに、住谷秀子が、

「ここにいる！」

と頑張って動かない。「機関銃は？　ショットガンは？」

戦争じゃないんだぞ、と言いたいのを、こらえていた。

「——行くぞ！」

と、大倉の声。

ピーン、と空気が張りつめた。僕は祐子と一緒に居間の入口の所にうずくまっていた。

「——うまく行くかしら？」

「さあね。あの刑事は死ぬかもしれないな」

「気の毒ね」

「そうかい？」

「そうでもないわね」

コツ、コツと足音が上って来る。

「こら！　ちゃんと歩け！」

と、大倉にこづかれているのは添田だろう。「しっかりしやがれ！——何だと？——腰が抜けた？」

ズドン、と銃声がした。

「これで歩けるか？——よし。さあ、行くんだ！」

添田が、這《は》うようにして上って来た。その後から大倉が。

状況はかなり難しい。警官たちが身を隠している所から大倉の方へ駆け寄るのに、少しは時間がかかる。

その間に大倉の手にある拳銃は、充分に添田の頭を吹っ飛ばせるに違いない。

「さあ歩け」

と大倉がぐい、と添田を押す。右手に拳銃、左手には金の入った鞄を持っている。

僕はジリジリと居間の中へ後退した。

「——フン、隠れてやがるのは分ってんだぜ！」

と大倉が、先手を打った。「一人でもちょこっと動いてみろ、こいつの頭はなくなるぜ」

こう言われては、動きが取れないだろう。――大倉という男、なかなかの奴である。

大倉と添田が、玄関の方へ、少しずつ歩いて行く。

僕は居間のドアをそっと閉めて、細い隙間《すきま》から、覗《のぞ》いていた。

添田はもう、生きた心地がしないという顔で、完全に怯《おび》え切っている。冷汗も、出切ってしまったのかもしれない。

大倉の、ふてぶてしい横顔が見えた。――憎らしい奴ではあるが、あの落ち着きと、度胸の良さには、感心しないわけにはいかなかった……。

そのとき、頭の上で、何だかピュッという音がしたと思うと、

「アッ！」

と、大倉が顔を押えてうめいた。

鞄が落ちる。――一斉に、警官たちが飛びかかった。

その後はもう――大混乱だ。外の警官たちもドッとなだれ込んで来て、玄関前のホールは、満員電車の中みたいになってしまった。

「――札だ！」

と誰かが叫んだ。

「一万円札だ！」

僕は目を見張った。鞄が口を開けたのに違いない。けられ、はね飛ばされて、札が

空中に舞い上ったのだ。

お札の舞は、しばし続いた……。

「申し訳ありません」

添田刑事は頭を下げて、「必ず足りない分は補償《ほしょう》させますので」

「よろしく」

と僕は言った。

添田は、すっかり元の通り、平然たる様子に戻っていた。大倉は逮捕され、もちろん、池山刑事も無事である。

ただ無事でなかったのは、僕の三千万円だった。

今、刑事たちが、回収した札を数えているのだが、どうみても、何百万円か足りないのである。

「空中に分子になって散っちゃったのかもしれませんな」

などと、添田は笑ったが、僕が笑わないので、ハタと真顔に戻った。

「でも、大倉はなぜ顔を押えたんでしょうね?」

と僕が言うと、

「これですわ」

と祐子が答えた。

祐子の手から、ヒュッという音と共に、何かが飛んだ。――池山が拾い上げて、

「輪ゴムじゃありませんか！」

と声を上げた。

「ええ、輪ゴムだって、命中すればかなり痛いんですよ」

祐子がニッコリ笑った。

誰もが、言葉もなく、祐子を見ていた。さすがは祐子だ！

「いや、何とお札を申し上げていいのか――」

と、添田が、オーバーに頭を下げる。

「あなたは女神ですよ！」

と、池山が祐子の前に跪《ひざまず》いた。

何とも大時代的な光景である。

そのとき、電話が鳴った。僕が取ると、
と、あの声が聞こえて来た。

「池沢さんかね」

「――僕だよ」

「一億円は用意できたか？」

と男の声が訊く。

刑事たちが、あわてて逆探知用の機械へ飛びついた。

事件はまだまだ、これからなのである。

21　必殺しくじり人

「——何だい、ずいぶん騒がしいじゃないか、ええ？」

と、電話の声が言った。

そりゃそうだ。もとからこの家にいた、添田、池山を初めとする刑事たちの他に、応援に駆けつけて来て、そして何もしなかった、何十人もの警官が家の中をウロウロしているのである。

電話の周囲がザワつくのはどうしようもない。

「おい、警察へ知らせたんじゃないだろうな？」

と、誘拐犯——といっていいかどうか分らないが、一応そう呼んでおくとして——は、至ってオーソドックスなセリフを口にした。

「い、いや、そんなことないよ」

と、僕はあわてて言った。

　添田が、刑事たちに、

「静かに！　静かにしろ！」

　と、怒鳴っていた。「おい、廊下の奴《やつ》ら！　静かにしろ！」

　一体、この刑事、どっちの味方なんだろう！　僕はため息をついた。

「——何か怒鳴っているのが聞こえたぜ」

　と、電話の声が言った。

「そう？　至って静かだよ。きっと、混線してんじゃない？」

　廊下の方から、

「馬鹿！　静かにしないと、警官がいるってことがばれちまうだろうが！」

　と、添田がわめくのが、ハッキリと聞こえて来る。

　もはや救い難い、と言うべきであろう。

「やっぱり警察へ知らせたんだな」

　と、電話の声は、せせら笑うように、言った。

　ああ、どうしよう！　これで人質の妻の命は風前の灯《ともしび》……。ん？　待てよ。

　もう美奈子は僕が殺しちまっているのだ。つまり「風後の灯」（？）なのだ。

　それなら何も焦ることはない。

「どうぞ、どうぞ、幽霊を殺せるものなら殺してごらんなさい」

と開き直ってやればいいのだが、添田たちの手前、そうもいかない。

「いや、知らせてないよ、本当だ。今のは——TVドラマの声なんだよ！」

これは、我ながらすばらしい言いわけだと思って、自分で感動したのだが、相手は大して感動しなかった様子で、

「まあいいや」

と言った。

僕も少々腹が立った。きっと、センスというものを持ち合せていない奴なのに違いない！

「こっちは金さえ手に入ればいいんだ」

と、男は言った。「それで、一億円はできたんだろうな？」

「いや、それが、銀行にそれだけの現金がないんだ」

「いい加減なことを言うなよ」

「本当なんだよ！」

全く、失礼な奴だ。——まあ誘拐犯で失礼でない奴というのも、想像できないが。

「じゃ、いくらできたんだ？」

「ええと……」

僕は、添田の渡したメモを見た。「二千六百三十一万……五十円」

五十円？　何で五十円が出て来るんだ？

「ずいぶん半端《はんぱ》だな」

「うん。まあね。――明日なら何とか残りを揃《そろ》えられると思うよ」

「よし。じゃ、明日まで待とう」

「値上げしないでくれよ」

「分らねえぞ。時は金なりだ」

男は低い声でフフ、と笑った。こっちはちっともおかしくない。

「よし。明日の午後一時にもう一度電話をかける。そのときまでに一億円、用意できてなかったら――」

「分ってるよ。美奈子の命はないっていうんだろ？」

「いや、もう一日待つ」

何だか、誘拐犯の方も、添田刑事あたりから悪い影響を受けているかのようだった。

電話が切れた。――僕はフウッと息を吐き出した。

「おい、どうだ？」

と添田が部下へ声をかける。

「切れました」

「それぐらい俺《おれ》だって分る！　逆探知のことを訊《き》いてるんだ！」

「あ、いけね。忘れてた」

と、刑事は頭をかいて、「いや、ちょっとうっかりしちゃって!――だめですねえ、寝不足だと、ハハハ……」

寝不足が聞いて呆《あき》れるよ。ゆうべはあんなにグウグウ眠ってたくせに!

「おい、貴様――」

と、さすがに添田も、かみつきそうな顔で迫った。

およそ人間離れした顔になる。

「待って下さい。添田さんのことが心配で一睡もしてなかったんです。それで、つい……」

刑事の言いわけを聞くと、添田の態度はガラリと変った。

「そうか――まあいい。人間、誰しも失敗はつきものだ」

そして、僕の方へ向いて、「そんなわけです。どうか、許してやって下さい」

よく言うよ、全く!

僕は呆れたが、まあ、ここで文句を言っても始まらないので、黙って肯《うなず》いておくことにした。

「その代り」

と、添田は、きりっと顔を引きしめて、言った。「あの大倉の奴を、ギュウギュウしめ上げて、必ず吐かせて見せます！」

その「ギュウギュウ」というのが、まるで真に迫っていて、僕は、一瞬、添田にサディスティックな趣味があるのじゃないかと思った。

「でも、刑事さん」

と、祐子が言葉を挟んだ。「今の電話は誘拐犯からでしょ？　ということは、誘拐犯は大倉じゃないってことになるんじゃありません？」

「それはその通りです」

と添田は肯いて、「きっと共犯者なのに違いありません」

「でも、大倉が捕まっていることを知らないんでしょうか？」

「そうですよ！」

と添田は目を輝かせた。

普通、目が輝くと美しく見えるものだが、添田の目はギラギラして、何ともいやらしく見える。

「どういう意味です？」

と僕は訊いた。

「チリ紙交換です」

「――あの、『毎度お騒がせして……』ってやつに、大倉を出すんですか？」

「いや、違った！　人質交換です！」

「人質交換？」

「あっちの人質、奥さんと、こっちの大倉を取り換えるのです。どうです、このアイデアは！」

すっかりいい気持になっているが、そんなことができるかどうか、ちょっと考えてみりゃ分りそうなもんだ。

さすがに、添田もそこに気付いたとみえて、

「まあ——やや、法律的に問題はありますが……」

と呟《つぶや》いた。

「ところで大倉は？」

「大倉は地下室へ押し込めてあります。ご心配なく」

「誰《だれ》かそばについてるんでしょうね」

「もちろんですよ。池山がピッタリとくっついています」

「大丈夫でしょうね？」

「もちろんです！　襲われるようなヘマはやりませんよ」

怪しいものだ、と思ったが、ここは放っておくことにした。

ともかく、大倉がなぜあんなことをして逃げようとしたのか。そこを確かめておき

たかった。

——もちろん、僕の計画には関係のないことなのかもしれないが。

「では一つ、大倉を連れて来ましょう」

と、添田は言った。「火責め、水責めにしてでも……」

ヒヒヒ、と笑いはしなかったが、やはり、どこかおかしいような顔つきで、僕はゾッとした……。

「——全く、俺一人のために、ずいぶん税金をむだ使いしてるもんだな」

ソファにドカッと座り込んだ大倉は、ゆうゆうとタバコをふかしながら言った。

「フン、負け惜しみだな」

と添田がせせら笑う。

「優秀な奴を二、三人雇った方が、こんなクズばっかり何十人も置いとくより、ましだぜ」

「クズとは何だ！」

と、添田が真っ赤になって怒鳴る。

「クズじゃねえってのか？　地下室で、『命だけは助けてくれ』とか、『俺を逃がしてくれたら、君のことは無実だったと証言する』とか言ってたくせに」

「そんなことを言うもんか！　証拠はどこにある！」

と、添田は、大倉につかみかかった。

「添田さん！」

池山が添田をぐっとはがいじめにして、「殿中でござる！」

とは言わなかったが、止めたので、やっと添田は引き退がった。

これじゃどっちが犯人だか分りゃしない。

「ところでよ」

と、大倉は平然として言った。「俺にゴムを飛ばしやがったのは誰だ？」

「――私よ」

と、祐子が言った。

大倉は、ちょっと目を見開いて、祐子を眺めた。――人のものをジロジロ見るな！

「あんたが？　こいつは驚いた！」

大倉は短く笑って、「ここにいる刑事さんたちは手も足も出なかったってのにな。

こりゃ正に傑作だぜ！」

と、今度は大声で笑った。

「こいつ――」

と、また添田が顔色を変えて殴りかかろうとする。

「添田さん！」

と、池山が止める。

これでも刑事なのか？　僕は、失業したら刑事になろうと思った。

「――ねえ、大倉さん」

と、祐子が言った。「素直に認めなさいよ。あなたは、負けたのよ」

「そうだな」

と大倉は肯いた。「ただし、あんたに、だぜ。この刑事たちに、じゃない」

「あなたは大物なんでしょ」

と、祐子が言う。

「うん？――まあな。その辺のチンピラとは、ちょっと違うぜ」

「じゃ、潔く、負けを認めて、何もかもしゃべっちゃったら？」

大倉は、じっと祐子を見つめていた。――あんまり見るな、って！　減るじゃないか！

「ＯＫ」

大倉は、ちょっと肩をすくめて、「あんたは大した女だよ」

と言った。

それぐらい、僕にだって分ってる。たとえ犯罪者にしろ、僕の恋人を賞《ほ》めるとは、なかなか目のある奴だ、と僕は感心した。

「何でも訊いてくれ。答えられることは答えるよ」

「ここの奥様を誘拐したの？」

「知らねえや」

　と大倉が首を振る。

「この野郎！　シラを切りやがって――」

　と、また添田だ。

「添田さん！」

　と、また池山だ。

　どうにもワンパターンの展開である。

「じゃ、なぜあんな風にして逃げようとしたの？」

「いささか後ろ暗い所はあったのさ」

「この家に関係したこと？」

「そうさ」

　僕は、ちょっと眉《まゆ》を寄せた。すると、やはり大倉がこの近くにいたのは偶然ではなかったのか？

「話して」

　と、祐子が言った。

「ああ」

大倉は、僕の方を見た。「僕は、あんたを殺しに来たんだよ」

——しばしの沈黙。

「おい！　また一万円札が落ちてたぞ！」

玄関の方で声がして、張りつめた緊張は一度に途切れた。

「社長さんを殺しに？——なぜ？」

と祐子が訊いた。

「僕はこんな男、知らないぜ」

「そりゃそうさ。会うのは、これが初めてだものな」

「それじゃ……」

「頼まれたんだよ」

と、大倉は言った。

「僕を殺すように？」

「ああ。三百万だったぜ」

ずいぶん安く見られたもんだ。いや、そんなことより——

「一体誰なんだ、そんなことを頼んだのは」

と僕は訊いた。

「見当がつかねえのか？」

大倉は愉快そうですらあった。

「ああ」

僕は仏のような（『ホトケ』である。『フランス』ではない）人間とまでいかなくとも、そう人に恨まれるタチではない。むしろ、こっちが恨みたい方である。

こんないい人間を（当人が言うのだから、間違いない！）誰が殺そうとするのだろう……。

「教えてやろうか」

と大倉はニヤニヤしながら言った。「あんたの女房さ」

22 暗闇《くらやみ》の対決

「――どうしたの？」

と、祐子が、優しく訊いた。

「うん……」

「元気ないわね」

「そんなことないよ」

「大丈夫？――ショックだったのね、奥さんが大倉に、あなたを殺すように頼んだってことが」

――ここは僕の部屋で、ドアもきちんと閉っている。もちろん、僕と祐子は、身を寄せ合って、声をひそめて話をしているのである。

「まあ……少しはね」

と僕は言って、ベッドにゴロリと横になった。「だけど、別にそれは、美奈子に未練があったとか、そんなことじゃないよ。ただ……何て言えばいいのかな……」

「分るわ」

と、祐子が言った。「あんなに堪えていたのに、どうして殺されなきゃいけないのか、それが哀《かな》しいのね」

「そう。そうなんだ」

「奥さんに、精一杯尽くしていたのに、そんな風にお返しをされて、悔しいのね」

「うん。その通りだよ」

「それに――」

「君の言う通りだよ」

「まだ言ってないわ」

「ああ、そうか」

「元気出して。──奥さんを殺したのも、こうなれば正当防衛じゃないの。却《かえ》って気が楽になったでしょ」

「そうだね。そう言えば、少し気持が軽くなったみたいだ」

「でも、良心の呵責《かしゃく》からは完全に逃れられない……」

「うん。心が重いよ」

どっちなんだ？──自分でも分らなくなって来た。

「しっかりして……。私がいるじゃないの」

祐子は、僕の上にかがみ込むと、キスして来た。その唇の柔らかさ……。

「私……あなたなしじゃ、だめなのよ」

「うん……」

「だから、しっかりして……。私を抱き止めてね……」

僕は祐子を固く抱きしめ、ベッドの中へと転り込んだ。

ジャーン、と音楽の高鳴る、感動的なラブシーンである。だが、現実はそううまく行かない。

祐子はヒョイと起き上って、

「大倉の話、本当だと思う？」

「美奈子が僕を殺してくれと頼んだ件かい？　どうかな」

「奥さんに会ったときのことを、詳しく話してたわ」

「うん。確かに、奴の言ってた服は美奈子のよく着ていたやつだね。特別に注文しているから、同じものはないよ」

「じゃ、やっぱり本当に――」

「でも話の中身が本当かどうか、分らないじゃないか」

「三百万円で、夫を殺してくれ……。あの男なら、引き受けてもおかしくはないわね」

「でも、どうして僕を殺そうなんて、考える？」

と、僕は訊き返した。「美奈子は、それでなくたって、好き勝手にしてたんだぜ。別に僕を殺さなくても、好きなことをやれるはずなんだ。そうだろう？」

「そうね……」

と祐子も考え込む。「だけど、大倉が、あんな嘘《うそ》をついて、得になることなんて、ある？」

「それが分らないんだ」

「嘘をつく理由がないわ」

「やっぱり本当なのかな……」

「待って」

祐子は、ベッドからヒョイと降り立つと、部屋の中を歩きながら、「――あなたが死んだら、どうなるか。それを考えるのよ」

「あんまりありがたくないね」

「仮定の話よ！――あなたが死んで得をする人……」

僕はガバッと起き上った。

「そうか！――僕の財産！」

「あなたの保険金！」

「僕の地位！」

「あなたの貯金！」

「僕のパンツ！」

そんな物、誰も欲しがりゃしないだろうが、ともかく、美奈子は、僕の財産を自分のものにしようとしていたのだ。

「そうよ！　いくら奥さんがいばっていても、財産はあなたのものなんですもの」

「それを美奈子は手に入れようとしてたんだな？　畜生！」

僕は、つくづく美奈子を先に殺しておいて、良かった、と思った。さもなければ、こっちが殺されるところだったのだ。

「でも、大倉は先週の月曜日に奥さんに頼まれたと言っていたわ」

「週末に殺してくれ、と……」

「その間、奥さんはどこかへ旅行に出ていて、アリバイを作る。留守を一人で過しているあなたを、大倉が殺しに来る……」

「でも奴は、気が変った。三百万で殺人は安すぎる」

「それでもう一度交渉しようと思って、この近くへ来た。偶然、昔の仲間に出くわし、一緒に戻った……」

「その間に、肝心の依頼主が死んじまったってわけだ」

「納得できないわ」

と祐子が言った。

「僕もだ」

と肯いて、「――何が？」

「それぐらいのことで、あんなに大倉が暴れる？　だって、大倉は、奥さんから、あなたを殺してくれと頼まれたかもしれないけど、実際には何もしてないのよ」

「うん、そうか」

「ね？　そんな話、冗談だと思った、で済むじゃないの。――あんなにしてまで、逃げようとするはずがないわ」

「すると、あいつ、やっぱり何かやらかしてるんだな」

「それしか考えられないわ」

と、祐子は肯いた。「――ああ、残念ね。もっと大倉をここに置いといて、話をさせるんだったわ」

大倉は、池山がついて、連行されて行ったのである。

ドアをノックする音がして、スッと開くと、

「失礼します」

と添田が入って来た。

どうも、この刑事が来ると、ろくなことがない。

「三千万円の件ですが――」

と、添田が言い出す。

「ああ、そうだ。さっきのメモだと、二千六百三十一万五十円でしたね。三百六十九万円もなくなっちゃったわけだ」

「申しわけも……」

「一つうかがいたいんですが、あの五十円ってのは？」

「はあ。それは私からの、ささやかなお詫《わ》びの気持でして」

五十円じゃ、正にささやかだ！

「足らない分は、警察で出してくれるんでしょうね」

「その点については、今、上司とも相談いたしまして、全額補償させていただくことになりました」

当り前だ！　しかし、僕は心の広い人間である。

「それはどうも」

と、礼まで言っていたのだ。

「そこで一つご相談なのですが――」

「というと？」

「色々と予算の都合もありまして。三百六十九万円を、十年間の分割払いではどうだろうか、と……」

僕は、添田を絞め殺したい誘惑と闘わねばならなかった……。

夕方になり、夜になった。――これが逆だと大変なことになるが、まあ、まずは当然の順序である。

住谷秀子を、何とか追い帰し、僕はホッとした。――秘書の吉野も、会社の仕事があるので、午後から社へ行かせた。

家には、僕と祐子、それに添田を初め刑事が三人いるだけであった。

忙中閑あり、というか。まあ、平和なひとときであった。

夕食はたっぷりと出前を取って食べさせてやったので――実際、ここへ泊り込んでいる刑事たちは、少し太ったようだった――みんなソファで高いびきをかいている。

これは僕の作戦で、つまり、祐子と二人、のんびり楽しもうというわけなのである。

「――ああいい気持」

祐子が、バスルームから出て来る。

裸身にバスタオル一枚という軽装で、いとも色っぽい香りを発散させているのだ。

「すてきだよ」

と僕は言った。

「あんまり見ないで」

と祐子は、照れたように言った。

「ベッドに入りなよ」

「あなたもシャワーを浴びて来たら?」

「うん、そうするか」

僕は裸になって――やはり服を着たままでは風呂《ふろ》に入れないので――バスルームへ入った。

熱いシャワーをたっぷりと浴びる。――さあ、思い切り祐子を抱いて、一晩中楽しむんだ！

つい口笛などが出てしまう。

バスルームを出ると、もう祐子がベッドの中から顔を出して、フフ、と笑っている。これがヒヒヒ、だと赤頭巾《あかずきん》を待つ狼《おおかみ》みたいなことになってしまう。

「来て……」

と、祐子が手を出して僕の方へのばして来る。

僕はゴクリとツバを飲み込んだ。ゆっくりと毛布をはいで行くと、祐子の素敵な肌が少しずつ露《あらわ》になって来る……。

明りが消えた。

「——何だ、いいじゃないか、明るくたって」

「私、消さないわ」

なるほど、そう言えばそうだ。祐子だってテレパシーでスイッチを押すわけにはいかない。

「どうしたんだろう?」

真っ暗な中で、僕は言った。

「停電じゃない?」

「参ったな」

「いいじゃないの。暗くても困らないわ」

「まあ、そうだね」

僕は笑って、手探りで祐子の体をまさぐった。祐子が僕を抱きよせる。——突然、ドンドンという、けたたましい音。

「——何かしら?」

「階下だよ」

「ほら……。玄関のドアを叩《たた》いてるのよ」

なるほど、ドンドン、としつこくやっている。——誰だろう?

「こんな時間に。——もう十二時よ」

「押し売りかな」

「まさか」

ドンドン。

「行った方がいいわ」

「そうだね。しかし——裸じゃ——」

「懐中電灯は?」

「ええと……。テーブルのわきに下がってるんだけど——どの辺かな?」

暗闇の中では、どこがどれやら分らない。椅子《いす》にぶつかったり、スタンドをけっとばしたりして、やっと探し当てる。

「私、持ってるわ。——早く服を着て。まだやってるわ」

「下の刑事たち、何やってんだろう？　あれじゃ、暴力団が攻めて来たって起きないぜ」

僕は急いで服を着た。

「待ってて。私も着るわ。——いいわ、早く下へ」

「うん」

僕と祐子は、懐中電灯一つを頼りに、階段を降りて行った。正に玄関のドアを叩き壊しそうな勢いで叩いているのに、刑事は一人も起きて来ない。

「全く、たるんでる！」

と僕は言った。「強盗だったらどうするんだ！」

「でも、強盗なら、ドアを叩いたりしないわ」

それもそうだ。——僕は玄関の所へ行って、

「誰だ！」

と声をかけた。

「開けて下さい！　早く！」

と、叫ぶような声。

「まあ、池山さんよ！」

僕がドアを開ける。池山が転り込んで来た。光で照らして、祐子が、

「キャッ！」

と声を上げた。

池山は、顔が血だらけだった。

「どうしたんだ！」

「――大倉が――大倉の奴が――」

と、池山が喘《あえ》ぎながら言った。

そのとき、居間の電話が鳴り出した。僕は祐子と二人で、池山を居間へ運び込み、受話器を取った。

「――やあ、大倉だよ」

「何の用だ？」

「約束を果そうと思ってね」

「約束？」

「あんたの奥さんに頼まれた仕事さ」

「仕事って……。おい！　待てよ！」

「ついでにそこにいる刑事さんたちも死んでもらうぜ。いいか。それで電話線も切ってやる。電気も止めた。――ゆっくりと一人ずつ料理してやる。じゃ、後でな」

「おい！——何だっていうんだ！　おい！」

電話は切れ、そして、何の音もしなくなった。

僕は呆然《ぼうぜん》として、突っ立っていた。

「——どうしました？」

暗がりの中で、添田の声がした。

23　決闘！　一対六

人と話をするとき、相手の表情が見えるというのが、どんなに便利なものか、僕は改めて痛感した。

まあ、そんなに大げさに言うほどのことでもないかもしれないが、要するに、凶悪犯大倉の手で、電気も電話も切られてしまったので、僕は、真っ暗な中で、大倉の話の内容を、添田刑事へ伝えなければならなかったのである。

しかし、添田刑事がどんな顔で聞いているのか分らないので、しゃべっていても不安だった。

話の中に、

「分りますか？」

とか、

「聞こえますか？」

とか（目の前にいるのに、だ）挟まなくちゃ気が済まないのだから、妙なものである。

話の途中に向うが、

「なるほど」

とか、

「それは大変だ！」

とか、言ってくれりゃいいのだが、黙ったまま何とも言わない。

しまいにはイライラして来て、

「分ってんですか？　分ってるなら、何とか言って下さいよ」

と言ってやった。すると、

「ちゃんと肯いてるじゃありませんか」

と来た。

真っ暗な中で、肯かれたって、分るはずがないじゃないか！

添田の顔を見たいと思ったのは、このときが初めてだった。思うぞんぶん殴ってやるのだが。

「どうします？」

と僕は言った。

しばらく、返事はなかった。そして、急にわきの方で、

「これは容易ならん事態ですぞ」

と声がしたので、僕は仰天した。

「どこにいるんです？」

「ソファに座ってるんです。記憶を頼りに見付けたのですよ。私は、記憶力には自信があるのです」

変なところで自慢をしている。

チラチラと明りが揺れて近づいて来る。祐子が、ローソクを手に入って来た。

「停電用の太いローソクが何本か台所にあったんです」

と、祐子は言った。「あちこちに立てておきましょうか」

刑事たちよりよほど行動力がある。

「大倉は、あなただけでなく、我々も殺してやると言ったんですね？」

「ええ」

「ふむ……。しかし、おかしい。あなたはともかく、どうして我々を狙《ねら》うのか……」

「僕は殺されてもいい、っていうんですか！」

と食ってかかると、

「いや、そんな意味じゃありません」

と、あわてて言った。

「ともかく、池山さんの手当をした方がいいのじゃありません？」

と、祐子が言った。

そうだった！　池山は顔を血だらけにして、床に座り込んでいるのだ。話をしている間、放ったらかされていたのだった。

「そうだ！」

添田が立ち上ると、池山の方へ駆け寄った。傷を心配してのことか、さすがに多少は部下思いなんだな、と思っていると、添田は、何と傷ついている池山を、

「お前が逃げられたりするからだぞ！」

と言うなり、突き飛ばしたのだ。

これには啞然《あぜん》とした。他の二人の刑事も愕然《がくぜん》として立ちすくんでいる。

祐子が素早く池山へ駆け寄って、

「けがしている人にそんなことをしてはいけません！」

と、キッと添田をにらみつける。

そのポーズ、正に千両役者の大みえというところで、「早川屋！」と、声をかけた

くなった。

添田は、たじたじとなったが、

「しかし――刑事としての責任を取らねばなりません！　どいて下さい！」

と応戦する。

「この人を殴るのなら、代りに私を殴って下さい！」

と、祐子が言った。

彼女が殴られちゃかなわない。僕はあわてて、添田の肩へ手をかけ、

「ねえ、今はそれどころじゃないでしょ？」

と声をかけてやった。

「そうです！　それどころではない！」

よくまあコロコロ変る男だ。

「――大倉は一人ですよ」

と、少し落ち着きを取り戻した添田が言った。「大したことはできゃしません」

「しかし、現に、ここにいる人間を皆殺しにすると――」

僕の言葉を添田は笑って遮った。

「それは、奴の強がりです。つまり――そう、いわば、イタチの最後っぺというやつです」

あんまり上品な比喩《ひゆ》とは言えないので、僕のような育ちのいい人間は眉をひそめた。

「大体、大倉は一人で、しかも武器もない。どうやってここにいる五人を殺せるというんです？」

僕はちょっと居間の中を見回して、

「六人でしょ？」

「池山は人間には入りません」

と、添田は冷ややかに言い放った。

「あの……」

祐子の手で、頭にグルグルと白い包帯を巻かれた池山が言った。

「何だ、文句があるのか？」

と添田がにらむ。

まるでやくざである。

「いえ……。でも、大倉は武器を持っているんです」

「武器を？」

「そうです」

「何だ？　棍棒《こんぼう》か、チェーンか、光線銃か？」

そんな物、持ってるはずがない！——池山は恐る恐る言った。

「僕の拳銃《けんじゅう》です」

——添田の顔から、徐々に血がひいて行った。

「貴様……」

と、今度は逆に顔を真っ赤にして池山の方へ近寄る。

池山は、素っ飛んで、祐子の後ろに隠れてしまった。だらしのない刑事だ。

「早く逃げましょう！」

刑事の一人が言った。

「馬鹿！　敵に後ろを見せる気か？」

ともう一人が応じる。「大倉が来たら、とっ捕まえりゃいいんだ」

「じゃ、お前やれよ」

「やるとも。今から行って、応援を呼んで来るからな」

と、さっさと玄関の方へ歩き出す。

何のことはない。逃げ出したいのである。

「待てよ、ずるいぞ！」

と、もう一人が追いかける。

「危いわ」

と、祐子が言った。

「だって、大倉はこの家の電話も電気も切ったんでしょ？　じゃ、すぐ近くにいるはずだわ。今、出て行くと——」

「え？」

そうか。僕は、

「おい、待てよ！」

と呼びかけたが、もう、一人は玄関のドアを開けていた。

鋭い銃声が、響き渡った。先頭の刑事が、弾かれるように仰向けに倒れた。

「ドアを閉めて！」

祐子が走り寄ると、ドアを閉め、鍵《かぎ》をかけた。そして、倒れた刑事の方へかがみ込んだが……。

「——死んでるわ」

と言った。

僕も添田も池山も、もう一人の刑事も、声もなく、その死体を見おろしている。

大倉の拳銃の腕は、かなり確かなようであった。——その刑事の額の真ん中に、弾丸はみごとに命中していたのである。

「大倉は馬鹿じゃありませんよ」

と、添田は言った。

あんたは馬鹿だよ、と言ってやりたかったが、やめておいた。

「少なくとも、ここには刑事が二人もいるのです。「そう簡単に襲って来るはずはありません」

相変らず池山をのけ者にしているのだ。

「でも――そうかしら」

と祐子が不安気に言った。「何しろ向うは人殺しなんか何とも思ってないんでしょう？」

「そこです。一人やれば二人も三人も同じだ、ということになりがちですからね」

「――どういう手を打ちます？」

と僕は言った。

「一つは、このまま油断なく見張っていて、襲って来られないように用心し、朝まで待つという手です」

と添田は言った。「朝になれば交替が来るはずで、そうなれば、大倉も手は出せませんからね」

「それまで向うが黙って待ってますかね」

「それです。じっと待っていたのでは相手の出方が予測できないだけに、却って危険とも言える」

「すると――?」

「罠《わな》をしかけるのです」

「罠?」

「わざと一人が囮《おとり》となって、外へ出て行き、大倉を誘い出して、逮捕する。前の方法を、消極的対応と名付けるとすれば、こっちは積極的方法とでもいうべきものでしょう」

呼び方なんてどうだっていいのだ!

「そりゃまあ悪くないとは思いますがね」

と僕は言った。「誰が囮になるんです?」

「そりゃまあ……」

添田が、チラと池山の方を見る。

「い、いやですよ!」

池山がまた飛び上って、祐子の後ろへ隠れる。どういう刑事なんだ?

「僕は若いんです! これから人生を楽しまなきゃいけないんです! こういう場合は年長の人間が行くべきです!」

「馬鹿! 指揮官が最前線に出て死んでしまったらどうなる!」

「今は核戦争の時代ですよ!」

「だから何だ！」

「指揮官も兵隊もありません！　死ぬときは一緒です！」

あのねえ……。この分じゃ、議論してるだけで夜が明けちまう。いや、無事に明けりゃいいが、明けたときは、一人も生き残ってなかったってことになりかねない。

「――意見があります」

ともう一人の刑事が言った（なぜか名を知らないのだ）。「我々はここになぜいるのでしょう？」

何だか急に哲学的になって来た。我思う、ゆえに我あり。

「我々は大倉と戦うために来たのではありません」

と、某刑事は、言った。「我々は、池沢夫人誘拐事件の捜査に来ているのです」

それはそうだ。

「しかるに、大倉が池沢氏を狙っているのは、夫人の誘拐とは無関係と考えられます」

「それで？」

と、添田が促す。

「従って、大倉と池沢氏との個人的問題に、我々は口を出すべきでないと考えます」

僕は呆気《あっけ》に取られた。

「ちょっと待って下さいよ！――個人的問題ですって？　僕が殺されそうだってのを、担当じゃないからって放っとくって言うんですか？」

「論理的には正当だな」

　と添田が肯く。

「正当ですって？　冗談じゃない、僕は――」

「いや、決してあなたを見捨てはしません」

「後でお線香を上げてもらっても、一向に嬉《うれ》しくありませんよ」

「いや、こうしようと思うのです」

　と添田が身を乗り出す。

　こういうときは、ろくなことを言い出さないのである。

「大倉にとって、目標は、まずあなたです。他の人間は、そのついでに過ぎない。あなたが出て行けば、必ず奴は出て来ます。我々がそこを待ち構えて――」

「冗談じゃない！　僕が死にゃいいとでも思ってるんですか？」

「いや、そんなことは――」

「仇《かたき》は討ちますよ」

　と、もう一人の某刑事が言った。

「ともかく、誰も死なずに奴を逮捕する方法を考えましょう」

と、珍しく池山がまともなことを言い出した。

やはり、いくらかは責任を感じているのかもしれない。

「でも、大倉は言わば自由ですわ」

と祐子が言った。「どこからどうやってでも、攻撃して来られます。防ぐのは難しいわ」

「なあに、でかいこと言うだけですよ」

と、添田がまた突然楽観的になる。「あんな奴は頭の中は空っぽですからな。――おい、タバコはやめろ」

誰もが顔を見合わせた。そう言えば、何となく煙が漂っている。

「火事だわ！」

と、祐子が叫んだ。「台所よ！」

僕らは台所の方へと走った。

台所は凄《すご》い煙だった。一寸先も見えない。むせ返り、煙が目にしみて、涙を出しながら、必死で火元を捜した。

シューという音がして、

「消したわ」

と、祐子の声。「――もう大丈夫。ただ、椅子の中の詰め物に火を点《つ》けたんですわ」

「やれやれ……」

添田もホッとした様子で、「我々を焼き殺そうとしたのだろうが、みごと失敗しやがって」

と笑った。

「いいえ」

と、祐子が首を振る。「火事にする気はなかったんですわ。だって、火事にするのなら、カーテンにでも火を点ければいいんですもの。煙を出したかっただけなんでしょう」

「しかし、どうして――」

と僕が言いかけると、祐子はハッとしたように、

「居間に誰かいるんですか？」

と訊いた。

とたんに、居間の方で銃声が響き渡った。

24　時ならぬ水泳

居間へ駆け戻ると、あの某刑事が、うめきながら倒れている。

「大倉が――畜生！」

足を撃たれている。

祐子が、ソファへ寝かせた某刑事の足を、布できつく縛った。

「大倉の奴、また外へ行きましたよ」

と某刑事が言った。「わざと足を狙いやがったんです。あの野郎！　どうせなら殺せばいいのに！」

本当にいいのかしら、と僕は思った。

「あの煙は、注意を引きつけるためだったんですわ」

と、祐子は言った。「やっぱり何か手を打たなくては。このままじゃ、みんな殺されてしまいますわ」

「うむ……」

添田は腕組みをした。「一時的に休戦を申し入れ、その間に逃げますか」

「そんな呑気なこと……」

「じゃ、どうしようってんです？」

添田に訊かれて、僕は頭に来た。そういうことを考えるために刑事がいるんだろうが！　税金泥棒め！

「待って下さい」

と、祐子が言った。

みんながシンとする。――添田が何か言い出すときは、ろくに聞いていなくても、祐子となるとみんなの態度が違うのである。

「――私が囮になります」

と祐子は言った。

みんなが唖然とした。

「だめだよ、そんなこと！」

と、僕は思わず言った。

「大丈夫ですわ」

と祐子が微笑《ほほえ》む。「大倉だって、女をすぐには殺さないかもしれません。それに、万一のことがあっても、私ならそんなに困る人はいませんが、社長に亡くなられては、大勢の社員が困ることになりますもの」

――しばらくは誰も口をきかなかった。

みんな、祐子の、崇高な言葉に打たれていたのだ。自己犠牲、などという前世紀の美徳が、ここに残っていたのである！

「――いけません！」

と叫んだのは、池山だった。「あなたがそんな危険を冒すことはない。僕が行きます。死んだら、花の一輪でも供えて下さい」

「いかん！」

と、添田も、さすがに進み出て、「花より団子にすべきだ」

ともかく、何か言わなきゃいけないと思っているらしいのだ。

「いいえ、ご心配なく」

祐子は穏やかに、「私に任せて下さいな」

と言った。

「でもね――」

「社長、こちらへ……」

祐子が僕を促して、食堂の方へと入って行く。――二人になると、

「一体どういうつもりだい？」

と僕は声を殺して言った。

「大丈夫。任せて」

「だめだよ！　殺されたら死んでしまうんだぞ！」

と僕は厳粛な事実を述べた。

「ねえ考えて。大倉がただ行き当りばったりに、何人もの人間を殺すはずがないわ。

あの男、そんなに馬鹿じゃないわよ」

「しかし現に――」

「あの刑事は、あなたと間違えられたんじゃないかしら。ともかく、私が行けば、大倉はすぐには撃って来ないと思うの」

「もし撃って来たら?」

「大丈夫よ」

祐子は素早く僕にキスした。「――私、大倉を死なせたくないの」

「というと?」

「あなたの奥さんに、あなたを殺すように頼まれたと言ってたけど、本当のことを聞き出したいのよ」

「なるほど。でも、危いと思うけどな……」

「私は運が強いのよ。心配しないで」

と、祐子は微笑んで、もう一度キスした。

心配する度にキスしてくれるのなら、一日中でも心配していたいと思った。

「――じゃ、ここにいて下さい」

と、玄関のドアへ手をかけて、祐子は言った。

「安心しなさい。奴の姿が見えたら、一瞬の内に仕止めてやる」

と、添田がまた出まかせを言っている。

「それじゃ、行きます」

祐子は、まるで近所へ買物にでも行くという様子で、ドアを開けた。

僕は息を呑《の》んだ。――凄い霧なのだ。

白く、大気が濁ったように淀《よど》んでいる。これでは大倉の姿など、見えるはずがない。

「おい、待てよ」

と声をかけたときは、もう、祐子の姿は、白い霧の中に飲み込まれていた。

「こりゃ凄い」

と、添田はポカンとしている。

「早く何とかしなさいよ！　刑事でしょう！」

「しかし、霧だけはいくら刑事でも、どうにも……。気象庁のお天気相談所に電話して、いつ晴れるか訊いてみましょう」

「何を呑気な――」

と言いかけたときだった。

霧を貫いて、鋭い銃声が耳を打った。

僕は凍りついたように、その場に立ちすくんでいた。――祐子！

「――危い！」

池山が僕をぐいと玄関へ引き戻した。知らずに外へ出ようとしていたらしい。これぞ、僕の純粋な愛の証しである。

ドアを閉めて、息を吐き出すと、僕はその場にへたり込んでしまった。

「——やはり危険でしたな」

と、添田が分ったようなことを言い出す。

「こいつ！」

僕はカッとなって、添田につかみかかった。

「な、何をするんです！」

「どうしてくれる！　彼女が死んじまったら、貴様のせいだぞ！　この能なし刑事め！」

「そ、そんなことを言われても——」

と、添田は目を白黒させている。

そのときだ。どこかの窓ガラスが派手に割れる音がした。

「何だ、あれは？」

バシャッ、バシャッと水のはねるような音がした。

「おい、見て来い」

と、添田が言った。

池山が居間のドアを開けると、あの某刑事が、よろけ出て来たと思うと、

「大倉が――」

と一言、バタッと倒れた。

その背中に、ナイフが突き立っている。居間は真っ暗だった。

あの水の音から考えて、大倉が浴室あたりから侵入し、手おけに水をくんで来て、居間のローソクに水をかけて消したのに違いない。

「おい、退《さ》がれ、危いぞ」

と添田が言った。

刑事が二人やられ、祐子も霧の中に消えた。僕と添田と池山の三人という、我ながら頼りないトリオが残ったのである。

「――ど、どうしましょう？」

と、池山が口ごもる。

「こっちは、三人、向うは一人だ！　怖くなんかない！」

という添田の声も震えている。

「で、でも、どこから来るか分りませんよ」

それはその通りだった。

こっちは、懐中電灯一つだ。照らせる範囲は限られている。

「――よし、あの地下室へ行こう」

と添田が言った。

「またですか?」

と、池山が情ない顔で言った。

「あそこにいれば、大倉は階段からしか来られない。ここよりは安全だ!」

なるほど、と僕も思った。――うかつにも、添田の言う、もっともらしい理屈にのせられてしまったのである。

僕らは、地下へ降りて行った。

「――さあ、これで安心だ」

と、添田が息をつく。

「でも、いつ大倉が来るかも知れませんよ」

「そうだな。お前、見張ってろ」

池山も、ここは文句も言わずに従って、階段の下にうずくまるようにして身構えていた。

少し落ち着くと、やはり後悔の念が僕を圧倒した。――祐子を行かせるのではなかった。

今頃、寂しく、霧の中で死んでいるのかもしれないと思うと、やり切れない思いだった。

「池沢さん」

と、添田が僕の肩へ手をかけて、言った。「お気の毒だとは思いますが、人間、避けがたい運命というものはあるものです」

僕はムッとして、

「彼女が死んだと限りませんよ！」

と言い返した。

「それはそうです」

と、添田は肯く。「負傷しているだけかもしれませんな。しかし、血は止らない。出血多量で徐々に意識は薄れて行く。——あるいは大倉の手中にあるかもしれません。あの愛らしさです。大倉がどこかに彼女を縛り上げておいて、我々を殺してから、ゆっくりと楽しもうとしているかもしれない。——あるいは——」

「いい加減にしろ！」

と僕は怒鳴った。

全くどういう神経なのだ、この刑事は？

そのとき、銃声がして、池山が地下室へと転り込んで来た。

「——大倉です！」

「やっつけたか？」

「そう簡単にはいきませんよ」

そこへ、

「おい！　三人ともいるのか？」

と、大倉の声がした。

「何だ？」

と、僕は答えた。「彼女は無事か？　どうなんだ？」

大倉は声を上げて笑った。

「——知りたいか。それなら上って来な」

人でなし！——僕は歯ぎしりした。

「来ないのか？」

と、大倉がからかうように言った。「それなら追い出してやるぜ」

足音が遠ざかった。

「——何をする気でしょうね？」

と、池山が言った。

「大倉に訊いてみろ」

と添田がふてくされている。「全く、どうして俺のように普段から行いの正しい者が、こんな目に遭うんだ！」

よく言うよ、全く。――しかし、僕とて不安なことに変りはない。

ズルズルと、何かを引きずる音がした。

「何とか届くな」

と、大倉が呟いている。「――おい、喉《のど》が渇いたろう。水をやるぜ」

シューッと音がして、階段の下まで水が飛んで来た。

「水ですよ！」

「フン、水責めか」

添田はせせら笑った。「古くさいぞ。たかがホースの水じゃないか。この地下室を水で溢《あふ》れさせるのには朝までかかる」

水は僕らの足もとへと広がって来た。

「ま、せいぜい風邪《かぜ》を引くぐらいだな」

と添田は強がって見せた。

しかし、そううまく行くかどうか。――確かに、我が家には、庭の手入れをするための、長いホースが何本もあるのだ。あれを全部使って、あちこちの蛇口から水を出したら……。

どうやら、大倉も同じように考えたらしい。少しずつ、流れ込んで来る水の量は増え始めたのだ。

たちまち水はかかとから上まで来て、やがて膝《ひざ》まで来た。

一段と増え方が激しくなる。太ももへ、そして、ついに腰まで。

「まだ朝まで大分ありますよ」

と池山が言った。

「分っとる！」

添田がわめいた。「ともかく出てみろ」

池山が地下室から階段の方へ頭を出すと、銃声がして、あわてて池山は頭を引っ込めた。

「出て行くと撃たれますよ！」

大倉の高笑いが聞こえた。

「早く出て来いよ。その内、溺《おぼ》れちまうぜ」

水はどんどん増え続けていた。

どうしたらいいんだ？　僕は、祐子が戻って来て助けてくれるのではないか、と漠然とした期待を抱いていた……。

25　地下室からの脱出

人生というのは、うまく行かないものなのである。

たとえば、キャベツが沢山とれすぎて、このままでは値が下り過ぎるというので、農家がトラクターでキャベツを潰《つぶ》しているニュースを、TVで見たことがある。

その一方では、飢えのために死ぬ人間が、毎年何十万人もいるというのだ。――誰《だれ》だって、潰しちゃうくらいなら、あのキャベツを飢えている国へ送ってやりゃいいじゃないか、と考えるだろう。

もちろん、現実には運送費や何かがかさんで、不可能なのかもしれないが、誰でも、ふと、そんなことを考えるに違いない。

――地下室で水浸しになりながら、僕の頭に浮んだのも、それと似た、人類愛に溢《あふ》れた発想であった。

つまり、今、この瞬間にも、水不足で困っている地域が、世界中にいくらでもあるはずなのだ。そこへこの水を運んで行ったら、どんなに喜ばれるだろうか。

それなのに、大倉は、僕や添田刑事、それに池山刑事を地下室から追い立てようという、ただそれだけのために、貴重な水をむだにしているのだ。資源を大事にしよう！

いつ水不足になるかもしれないというのに、こんなことをしていてはいけないのだ！

しかし、それにしても、こんな状況の中で、世界の人類を憂えている自分に、僕はすっかり感動してしまった。僕という人間は、意外に（？）立派なのじゃないだろうか？

それに、外見だって、あまり自信はなかったが、祐子のようなすばらしい女性が惚《ほ》れているのだから、結構二枚目なのかもしれない。

人格的に立派で二枚目だなんて、そんなことが許されていいのだろうか？　しかし、事実は如何《いかん》ともしがたい！

やはりこんなすばらしい人間は、死んではいけないのだ。その僕を殺そうとしている大倉は、とんでもない奴《やつ》なのだ。

僕はそこまで考えて腹を立てた。偉人というのは、腹を立てるにもちゃんと理屈があるものなのだ。

しかし、残念ながら、その崇高な怒りも、現実にふえつつある水の勢いを止めるには、何の役にも立たなかった。――これが現実のつまらないところだ。

「おい、どうするんだ？」

と、大倉の声がした。「溺《おぼ》れ死ぬか、俺《おれ》に撃たれて死ぬか、早くどっちかに決めろ」

どっちにしても「死ぬ」というのでは、あまり気の進まない選択である。

「――どうしましょう?」

と池山が言った。「このままじゃ、三人とも溺死《できし》ですよ」

「といって、出て行きゃ撃たれるのだぞ」

と、添田が言った。

「じゃ、ここにいようとおっしゃるんですか?」

「何も言っとらん! 考えてるんだ!」

大体この刑事が考えると、ろくなことにはならないのである。

僕は、ともかく一旦《いったん》地下室の、品物を置いてある棚をよじ登って、少しでも時間を稼いではどうか、と思った。しかし、考えてみると、それでも水面が天井より高くなったら、おしまいなのである。

何しろ、白旗を出して出て行けば済むという相手ではないのだから、始末に悪い。

「――仕方ありません」

と添田が言った。

「というと?」

「ここは私が犠牲になります」

僕は耳を疑った。――天地が引っくり返るんじゃないか、という感じだ。

引っくり返りゃ、水はひいて助かるのだが。

ともかく、この無責任を人間の形にしたような刑事も、この土壇場へ来て、多少、崇高な気持になったようだ。

「じゃ、どうしますか？」

と訊《き》く池山の口調には、まだ不信感が溢れている。

それも無理はないのだが。

「私が出て行きます。大倉が撃って来る。そこを池山が狙《ねら》い撃つ。――だから、いいか。俺が撃たれるより前に、大倉を撃つんだぞ」

覚悟した割には、無茶を言っている。

「そんなこと無理ですよ」

「やれ！　さもなきゃ、貴様をクビにしてやる！」

「死んじゃってクビにできますか？」

「フン、それぐらい考えない俺だと思うのか？」

と、添田は言った。「もし、俺が部下の手落ちで死んだときは、必ず部下をクビにするという課長との覚え書を作ってあるんだ」

ずいぶんインチキくさい話である。いくら警察がヒマでも、そんなことをするわけがない！

「でたらめ言ったってだめですよ」

と、さすがに池山も信用しない。「早く行って下さい。こっちもせいぜい早く仕止めますから。――でも、添田さんが助かるかどうかは、約束できませんよ」

「冷たい奴だ！」

と添田はかみつきそうな口調で言った。

冷たいといえば、三人ともびしょ濡《ぬ》れなのだから、冷たいに決っている。

「ともかく、早くしないと」

と、僕は言った。「どんどん水が来ちゃいますよ」

「分ってます。あなたも冷たい方ですな」

と、今度はこっちに八つ当りだ。

ところで、上からは、大倉が、何を使っているのか知らないが、こっちを照らし出している。こっちとしては、至って不利なのである。

「――じゃ、行くぞ」

と、添田が未練がましく言った「いいか、奴が見えたら、待たずに撃てよ」

「分ってますから、早く行って下さい」

「追い立てるのか！　ひどい奴だ」

と、添田はグズグズしている。「では――行くか」

行ってらっしゃい。

僕は心の中で呟《つぶや》いた。――そして、ふと思い付いたことがある。

添田が飛び出す。そして、池山が、大倉を狙い撃つ。

手順としちゃ、間違っていないかもしれないが、肝心の拳銃を、池山は大倉にとられたんじゃなかったか？

一体どうやって、池山は大倉を撃つつもりなんだろう？

「では、行きます」

と、添田がまだくり返している。

「ねえ、ちょっと――」

と、僕は声をかけた。

「止めないで下さい！」

と、添田が言った。

「いや、そうじゃなくて――」

「決心が鈍ります！　何も、言わないで下さい！」

じゃ、ご勝手に。――僕もそこまで人がいいわけではないのだ。

「いいか。――一、二の――」

三、と言わない内に、池山がドンと添田を突き飛ばした。
添田は階段の下へと、半ば泳ぐようにして、手足をバタつかせながらよろけ出た。水を飲んだのか、ゴホンゴホンとむせて、

「おい！――早く――早く撃て！」

と叫ぶ。

だが、どうも妙な具合になったのである。階段の上から降り注ぐはずの弾丸は、一向に飛んで来ない。

ただ、静かに水が流れて来るばかりなのだ……。

「早く撃て！　早く！」

とわめいていた添田も、その内に気がついて、「おい、どうなってるんだ？」

と言った。

「――撃って来ませんね」

池山の声には、明らかに失望の響きがあった。

「そうだ。おかしいぞ」

と、添田は言った。「もしかすると、改心したのかもしれん」

まさか。――ＴＶの「水戸黄門」か何かじゃあるまいし、そう簡単に心を入れかえるわけがない。

「上に行ってみましょう」

と添田が言った。

罠《わな》かもしれない。しかし、この水地獄から出て行ければ、もうどうでもいいという気もした。

僕が階段の下へと出て行くと、池山も、渋々という感じでついて来る。

ライトは照らしているが、人のいる気配がしない。

「——どうしたんでしょう?」

と池山が不満げに言った。「トイレにでも行ってるのかな」

「上ってみましょう」

僕は先に立って階段を上って行った。

やっと水から上ると、体が急に重くなったようだ。——ついでに洗剤を放り込んでくれりゃ、洗濯ができたのに。

ライトは、壁の釘《くぎ》に引っかけてあって、うまく下を向いていた。

だが、肝心の大倉がいないのだ。

「変ですね」

「きっと我々を恐れて逃げたのですよ」

と添田が言った。

まさか、と思ったが、言わないことにした。下手《へた》に何か言うと、この刑事、何をやるか分らないのである。

射殺されでもしちゃことだ。

「このライトを借りましょう」

と池山が、釘から下げてあったライトを外した。

「水を止めよう。蛇口はどこです?」

「ホースを辿《たど》ってきゃ分るでしょ」

と僕は言ってやった。

「——ま、少し放っときますか」

安全らしいとなると、とたんに、添田は無責任に戻った。

「じゃ、僕が止めますよ」

と、僕は諦《あきら》めて言った。

池山がライトを持って、ついて来る。僕は四つの蛇口をしめて回った。

廊下へ戻って来ると、添田はポカンと突っ立っていた。

「——何かありましたか?」

と僕が訊く。

「何か、といいますと?」

「いや——つまり、どこかに大倉が隠れているとか——」

「分るわけないでしょ、そんなこと」

「だって——捜してたんじゃなかったんですか？」

「私一人に捜させるつもりなんですか、あなたは？」

「そうじゃないけど……。じゃ、僕が蛇口をしめて回っている間、ここでボケッとしてたんですか？」

「違いますよ」

と添田がムッとした様子で言った。「ここから動くと迷子になりそうなので、待っていたのです」

何て刑事だ！

「じゃ、ともかく家の中を捜しましょう」

と池山が言った。

「そうだな。では玄関の方からにするか」

「いや、居間にしましょう」

と僕は言った。

玄関から先に捜したんじゃ、添田が外へ逃げ出すんじゃないかと思ったのだ。

「ま、それでも別に、かまいませんけどね……」

添田は何となく不服そうだ。やはり逃げる気だったのだろう。

僕らは居間へと足を踏み入れた。

「明りをつけて下さい」

と、添田が言った。

「電気を切られてるんですよ」

「ああ、そうでしたな」

呑気《のんき》なものだ。「——しかし、ためしに点《つ》けてみては?」

「むだですよ」

と僕は言いながら、「——ほら」

と、スイッチを押した。

パッと、明るくなる。——電気が通じるようになったのだ!

「やってみてよかったでしょう」

と添田が得意げに言った。

どうも怪しい。あそこにいたとか言って、本当はここへ来て、明りがつくのを、知っていたのじゃないか。

僕がそう言おうとすると、

「——大倉です!」

池山が叫んだ。

音の速度は三百四十メートルとかいうが、本当はもっと速いんじゃないか。さもないと、添田が、なぜあんなに素早くソファの陰に隠れられたかが、説明できないのだ。

「撃て！　早く撃て！」

と添田がわめいた。

しかし、銃を持っていない池山や僕には、無理な話だ。

大倉は、居間と食堂の間のドアを開けて、立っていた。

別に、銃をかまえているわけでもなく、ただ立っているのだ。

「――おい！　神妙にしろ！」

と池山が時代劇風の言い方をした。

大倉は、じっと立っていた。――ただ、立っているのだ。

どこかおかしい。

そう思った。

「大倉！　返事をしろ」

と池山がくり返した。

「何か変ですよ」

と僕が言った。

「そうですね」

「まるでこう――」

「死んでるみたいだ」

僕も、同じように感じていた。

僕と池山は顔を見合せた。

「調べてみますか」

「そうしましょう」

添田は相変らず、

「殺せ！　撃て！」

とわめいている。

僕らはそれを無視して、大倉の方へと近づいて行った。

26　新たな敵

近づいてみると、大倉は、立っているというより、よりかかっているのだ、ということが分った。

ドアのわきの柱へ、もたれて、立っているのである。

「おい——」

と、池山が、そっと声をかける。「あの——失礼ですが——」

池山も、いつしか添田の感覚を身につけているらしい。

と——突然、大倉は、ヘナヘナと、糸の切れたビスケットのように、いや、マリオネットのように、床に倒れてしまったのである。

「——見て下さい！」

池山が叫んだ。

「見えますよ」

と僕は言った。

大倉の背中に深々と刺さっている、肉切り包丁。——これが見えないわけがないではないか！

「不思議ですな」

と、添田が言った。

「何がです？」

と僕が訊くと、添田は首をひねって、

「よく分らないところがです」

お前の方がよっぽど分らない！

「一体誰がやったんでしょう？」

と池山が首をかしげる。

「たぶん犯人がやったんだと思いますね」

と僕も、少しは馬鹿なことを言ってみることにした。

「――自殺だったら楽ですがね」

と添田は言った。

「背中を刺すんですか？」

「そういう趣味のある奴も、いるかもしれない」

「まさか。――それに動機は？」

「良心の呵責《かしゃく》、自己嫌悪、失恋、失業――。色々と考えられます」

「大倉が失恋して自殺？」

「分りませんよ。人間は見かけによらないものです」

僕には、少なくとも、添田の案よりはしっかりした考えがあった。

「犯人は分ってますよ」

と僕は言った。

添田と池山の、唖然《あぜん》とした顔は、見ものだった。——僕も、名探偵の気分を、少し味わった。

「大倉を殺したのは、祐子ですよ。早川君です」

少し早過ぎたかもしれないが、言わずにはいられなかったのである。

「そうか!」

池山が目を輝かせる。

「それは変ですよ」

と添田が言った。

「どこが?」

「それなら、彼女はどこにいるんです?」

畜生! 他人の意見にはケチをつけるんだから!

「きっと外ですよ!」

と、池山が言った。「大倉のような悪い奴でも、殺したことはショックだったんでしょう」

「なるほど」

「ですから、外へ出て、気を落ちつけてるんです」

「しかし——」

「捜して来ます」

池山はいそいそと玄関へ向う。

池山の理屈にも、種々欠陥はあるが、しかし僕としては、添田の言うことよりは支持してやりたかった。

それにしても、本当に、祐子がやったのだろうか？

可能性としては高いと思う。しかし、確かに、それでいて姿が見えないというのは、変である。

だが、他に大倉を殺せるような人間がいるだろうか？

奇妙な事件だった。

「そうだ――」

もし、本当に祐子が外にいたとしたら、池山へ任せるのはまずい。

池山も祐子にのぼせている。もちろん祐子は僕一人を愛しているのだが、それだけに、僕が真っ先に迎えに行かないと怒るかもしれない。

「もう私を愛してないのね」

とすねて、「いいわよ、私、池山さんについて行くから」

なんてことになっては一大事である。

僕は、池山の後を追って、玄関へと出た。

池山が玄関のドアを開けようとした。

「待った！　僕も捜しに行く」

と声をかける。

池山はドアを開けて、

「じゃ、早くして下さい」

と振り向いたまま、言った。

そのとき、一発の銃声が、夜を切り裂いて走ると、池山の胸を射抜いた。いや、正確には、弾丸が、射抜いた。

「早くして――下さい」

くり返して、池山はバッタリ倒れた。

僕は目を疑った。――あわてて、ドアを閉める。

かがみ込んで、伏せて倒れている池山の体を起こしてみる。

弾丸は、正に、心臓を射抜いていて、即死だった。

「――どうしました」

と、添田が、のんびり出て来る。

「撃たれたんです！」

「誰が？」

一体他に誰がいるというのか。

「池山さんですよ」

添田は覗《のぞ》き込《こ》んで、

「死んでますか？」

と訊いた。

何だか、魚屋で、『イキがいいですか』と訊いているみたいだ。

添田は、かがみ込んで調べると、

「そうらしいですよ」

「なるほど」

と肯《うなず》いた。「死んでますな」

僕はカッとなった。――祐子がどうなっているか分らない不安や、大倉を殺した、得体の知れない誰《だれ》かのことなどで、苛立《いらだ》っていたのだ。

「それでも、あんたは刑事か？　自分の部下が殺されても平気なのか！」

添田は急いで二、三歩後ずさった。

「いや、そんなことはありません！」

と、首を振る。「心の中では泣いているのです」

怪しいもんだ。

「——それでいて、表面上は平静でなくてはならない。辛《つら》いものですよ」

と、添田は、わざとらしく、ため息をついた。

「それより、これからどうするかを考えましょう」

僕は怒りを抑えて、言った。

「全くですな」

と、添田は言った。「これで、我々二人になったわけです」

僕は、池山が死んでいると知ったときより、よほどゾーッとした。

「——また来るでしょうか」

と僕は言った。

添田なんかと話をしたくはないのだが、猿を相手にするよりはいい。

「そうですね。——来るかもしれないし、来ないかもしれない。どっちとも言えませんね」

あまりにつまらない返事である。

「ともかく、何か対策を立てましょうよ」

「そうですな」

「まず、相手は外にいるんです。——だからといって、中へ入っても来れる。油断は禁物ですね」

「外にいる、か……」

と、添田が意味ありげに呟く。

「何か意見でも？」

「おかしいじゃありませんか。外で殺したり中で殺したり。——どこか変です」

「じゃ何だっていうんですか？」

「私の考えでは——」

と添田は立ち上った。「犯人は、中にいます」

「というと？　どこかに隠れているとでもいうんですか？」

「隠れてはいません」

僕は目をパチクリさせた。

「というと？」

「犯人は身近にいるのです」

「どの辺に？」

と僕は振り向いた。

「いや、もっと近くです」

「もっと？」

「目の前ですよ」

添田が拳銃を取り出し、僕の方へとつきつけたから、仰天した。

「な、何をするんです？」

「あなたを殺人容疑で逮捕するんです」

「僕を？」

僕は呆気《あっけ》に取られていた。「——誰を殺したというんです？」

「少なくとも、哀れな池山は、あなたが殺したのです」

「そんな——」

「他には考えられません」

考えられない方が、どうかしているのだ！

「さあ、白状しなさい」

「冗談じゃない！　いい加減にして下さいよ！」

と僕は文句を言った。

「冗談なんかじゃありませんよ」

どうやら、本気らしい——僕は怒るより呆《あき》れてしまった。

この刑事、一体何を考えているんだろう？

「しかし、僕に大倉が殺せたはずがないでしょう」

「それはゆっくり考えます」

「だけど――」

「反抗すると射殺しますよ！」

「何もしてないじゃないですか」

「口答えも、反抗の一つです」

ひどい奴だ。――僕は頭に来て、

「馬鹿も休み休み言ってくれ！　ともかく、今は、何とか二人で正体不明の犯人と闘わなきゃ」

「だから、今、私は闘ってるんですよ」

救い難い男だ。

「いいですか。僕はともかく――」

「後ろを向いて！」

「何ですって？」

「手を上げて。壁の方に向いて立つんです」

僕は仕方なく、言われるままになった。

「いいですか、後であなたの上司に――」

だが、それを言い終らない内に、僕は後頭部をガン、と強打されて、そのまま気を失ってしまったのである。

——ひどい目にあった。

一体この世に正義はないのだろうか？

もっとも、僕が「殺人犯」であるのは、事実だ。

しかし、やってもいない殺人で、捕まるというのは、どうにも納得できない。一つ、ここは訴えてやろう。

殴られて倒れるまでの間に、これだけのことを、僕は考えていたのである。

27　戻って来たヒロイン

初めに光があった。

この堂々の書き出しはどうだ！　この物語も、ついに「旧約聖書」と肩を並べるところまで来た。

いや、そんな呑気なことは言っていられない。——一体僕はどうしたのだろう？

闇《やみ》の中に、ぼんやりと白い光が動く。あれは何だかマシュマロのような——いや白玉かもしれない。肉マンかな？

どうも食物の連想ばかりで申し訳ない。腹が空《す》いていたのかもしれない。

そこへ、新たな要素が加わって、一気に僕の意識は戻ったのである。しかし、それはあまりありがたい要素ではなかった。

つまり、ひどい頭痛だったのである。

同時に、思い出した。あの添田の奴が、僕を殴ったのだ。――刑事のくせに善良な市民を殴るとは！

殺人犯を善良な市民とは言えない、という意見もあるかもしれないが、それにしても殴っていいというものではない。

訴えてやる！　絶対に訴えて、あいつをクビにしてやるぞ！

と頑張っている内に目を開く。――いや、目は開けていたのだ。ピントが合って来た、というべきか。

そして――目の前には特大の肉マンが――いや、そうじゃなかった、祐子の顔があったのである！

「まあよかった。気がついたのね」

と、祐子はにっこりと笑いながら言った。「心配したのよ、どうしちゃったのかと思って！」

「祐子！　僕は――」

起き上ろうとして、また頭痛にやられ、「イテテ！」

と悲鳴を上げる。

「寝てなきゃだめよ」

と、祐子が優しく言った。

「ここは？」

「寝室じゃないの、あなたの」

「そうか……」

僕はベッドに寝かされていた。「どうしてこんなことに……」

「分らないわ、私にも」

僕はハッとした。

「そうか！　添田の奴だ！」

「え？　添田さんがどうしたの？」

「あんな奴に『さん』なんてつけなくていい！　僕をぶん殴ったんだ！　どこにいる？　殺してやる！」

「そんな——落ち着いてよ」

と、祐子がなだめる。

「しかし……君はどこにいたの？」

「それがねえ——」

と祐子がため息をつく。

「な、何があったんだい？　あの霧の中で――」

彼女は大倉を捜しに出た後、姿を消してしまっていた。その後、今までの間に何があったのか？

「それが……言いにくいんだけど――」

と、祐子は顔を伏せた。

僕はゴクリとツバを飲み込んだ。僕の頭には最悪の情景が、スクリーンに映写される映画のように（ＴＶに放映される、でもいいけど）映し出されていた。

あの大倉が、祐子を捕え、縛りあげておいて、手ごめにするという……何という悲惨な場面だろう！　僕が映倫の委員なら、絶対にカットしてやる！

「ねえ、言ってごらんよ」

と、僕は言った。

どんなことを言われても、僕はショックを受けまい、と覚悟した。それでこそ男というものだ。どうしてここで音楽が鳴らないのだろう？

「私ね――」

と、祐子は恥ずかしそうに言った。「霧の中で、方向が分らなくなっちゃったの」

「何だって？」

「怖かったから、目をつぶってワッと飛び出したでしょ。そしたら——どこにいるのか分んなくなって、めちゃくちゃ歩いていたら、林の中へ入っちゃったのよ」

「林の中って——裏の林に？」

「そう」

「正反対じゃないか」

「私、凄《すご》い方向音痴なの」

僕はホッとした。いや、祐子に、もし欠点というものがあるとすれば、それは欠点がない、という点だと思っていたので、こういう人間的な欠点が分るというのは、実に心の休まるものなのである。

「それでどうしたの？」

「で、どっちがどっちか分らなくて……。散々歩き回ったり休んだり……。やっとここへ辿り着いたの」

「じゃあ、大倉には——」

「ごめんなさい。会えなかったのよ」

「そうか。しかし——良かったよ、君が無事で」

「優しいのね」

祐子が僕にキスしてくれる。これで頭痛が大分柔らいだ。

「それからあなたが倒れてるのを見つけて、ここへ運んで来たの」

「そうか。——大変だったんだよ、君のいない間」

「何があったの?」

僕は、大倉の手で「某」という刑事が殺され、そのあと、添田と池山、それに僕の三人が地下室で水責めにあったこと、出て来ると大倉が殺されていたこと、池山が殺されたこと、僕も殺されれ——いや、僕は生きている!

「大変だったのね」

と、祐子は肯いた。「私、それなのに、あなたを一人で放っておいて……」

「大丈夫だよ。僕は男だからね」

と、僕は胸を叩《たた》いてみせた。「——大倉の死体は?」

「見なかったわ。ともかくあなたが倒れているのが目に入って、びっくりしたものだから、他のことなんか気にしなかったの」

僕は感動して、ひしと、祐子を抱きしめてやった。抱きしめたついでに、ベッドの中へ引きずり込み——というと印象が悪いけど、祐子の方から入って来たのだ——そのついでに僕らは……。

「——それで、添田は?」

と僕は言った。

そのセリフの前の、「……」と「――」の間には色々と意味がこめられているのである。

「見なかったわ」

と祐子が言った。

彼女と僕は、あまり服を着ていない状態で、寄り添っていた。もちろん毛布はかぶっていたけれども。

「変だな。僕をぶん殴って、どこへ行ったんだろう?」

「逃げたんじゃない?」

「刑事が? しかし、あいつなら、やりかねないな」

僕は肩をすくめた。ともかく、いないのなら、それに越したことはない。人間も、そこまで嫌われたら、おしまいである。

「――これからどうするの?」

と、祐子が言った。

「そうだなあ」

僕は呟くように言った。こういうときはこっちが黙っていると、たいてい祐子が何とか言ってくれるのだ。

「大倉が刑事を殺したとして――」

やはり祐子が言い出した。「大倉を殺したのは誰かしら?」

「君がやったのかと思ったんだけど」

「私じゃないのよ。そんな勇気ないわ」

「じゃ、誰がやったのかな」

と僕は首をひねった。

それにしてもずいぶん沢山死んじまった。もともとは、妻一人を殺すつもりだったのに……。

そうだ。それに大倉があの電話の「誘拐犯」でないとすると、あの電話の主は誰なのか?

「どうなってるんだ?」

と僕は言った。

「ややこしくなっちゃったわね」

と、祐子が肯く。

「美奈子を殺したのはいいけど、そのあとはめちゃくちゃだな」

「やっぱり他に考えようはないわよ」

「というと?」

「吉野さんよ、しくんだのは」

「そうか！　忘れてた！」

あんまり色々なことが起こるので、吉野のことはコロリと失念していたのである。

「あいつめ！　僕の恩も忘れて！」

思い出すと、急に腹が立ってくる。

「でも共犯がいるはずよ。あの電話は吉野さんじゃないんだし」

「そうだな。吉野の奴を何とかしないと――」

「朝になったら、どうするの？」

「もう朝かな」

「もうじきよ」

「そうか。――ともかく添田を捜さなくちゃ。あの男は僕のことを疑ってるんだ。やってもいない殺人で捕まっちゃ、どうしようもないよ」

すると、突然、

「捜すことはありませんよ」

と声がした。

祐子が、キャッと声を上げて、毛布をつかんで、首のところまで引っ張り上げた。

このつつしみ深さはどうだろう！　いや、感心している場合じゃない！

「話はうかがいましたよ」

と、添田がニヤつきながら入って来る。

「立ち聞きか」

「これも仕事の内です」

添田は、いやに落ち着き払っていた。「どうもおかしいと思っていましたよ」

格好をつけようというのか、添田はタバコをくわえて、百円ライターで火を――つけようとしたが、火が出ない。

「畜生！　この安物め！」

と、毒づいて、やっと炎が上ると、タバコに火をつけた。――シュッと音がして、フィルターが燃えてしまった。逆にくわえていたのだ。

「――お二人はずっとこういう仲だったわけですな」

添田はタバコを投げ捨てて言った。

こういうところを見られては、仕方ない。否定するわけにもいかないだろう。

「だからどうだってんです？」

と、僕は開き直った。「恋は自由でしょうが？」

「そりゃまあね。しかし、奥さんを殺したとなると――」

添田はニヤリと笑った。「まあ、その可愛《かわい》い女性のためとあれば、分らないでもありませんが」

全くいやな奴だ!

「どうしようっていうんです?」

「そりゃ決ってますよ」

と添田は言った。「私は刑事で、あなたは殺人犯だ。当然、私はあなたに手錠をかけて、引っ張って行き、上司にほめられるわけです」

添田は、ゆっくりと椅子《いす》の一つに座って、

「金にはなりませんがね」

と、付け加えた。

「——分ったわ」

と祐子が言った。

祐子はベッドから起き上った。これにはびっくりした。何しろ祐子は裸なのである。

添田もギョッとして目を見張る。祐子は、堂々と裸のままでベッドから出ると、ガウンをはおった。

「——あなたの魂胆は分ったわ」

と、祐子は、添田の前に立った。「お金がほしいのね?」

「そ、そりゃいらないとは言いませんがね……」

「私の体も?」

「い、いや、そりゃいらないとは――」

「祐子！」

と僕が仰天して言いかけると、

「あなたは黙ってて」

と、祐子が押えた。

僕は素直に従った。大体、何もしなくていいという指示には、従った方がいい。

「私の体とお金と、どっちがいい？」

と祐子は添田に迫った。「両方なんて虫のいいこと言わないでよ。刑事なんだから、ばれたら、そっちも困るのよ。そっちにも弱味があるんだから」

「そ、そりゃまあ……」

添田はすっかり呑《の》まれている。「君の体なら――金はなし？」

「そう」

「金が入れば――」

「お金があれば、それでソープランドにだって行けるし、愛人も作れるわよ」

「そ、そうだな」

と、添田は肯いた。「それは論理的で、正しい」

「じゃ、お金にする？　いくらほしいの？」

「そ、それは――」

「こっちで決めるわよ。そうね……一千万でどう?」

「一千万!」

「不足?」

「いや――まあ結構で――」

「じゃ、決めた。その代り――分ってるわね」

「うん」

「私たちのことは黙ってるのよ」

「よし分った」

「じゃ出て行って。私たちまだ途中なんだから」

僕はすっかり感動してしまった。まずいきなり裸を見せて相手を圧倒し、そのまま一気に交渉して、丸め込んでしまう。

祐子は外務大臣にでもなればいいんじゃないだろうか。もっともそうなると、国際会議はラブ・ホテルあたりで開催することになるかもしれない。

「じゃ、まあ――ゆっくりお休み下さい」

添田はコロリと変って、まるでホテルの従業員みたいに頭を下げながら出て行った。

「凄いね! 感心したよ」

と僕が言うと、祐子は、駆け寄って来て、僕に抱きついた。

「他にどうしようもなかったのよ。――怒らないでね」

「何を怒るんだい？」

「他の人に裸を見せたこと。――死ぬほど辛かったのよ」

「怒るもんか！」

僕は再び、ひしと彼女を抱きしめたのである。――で、「途中」から「終点」まで、また二人して頑張ったのだった。

頭の方の痛みは、もう忘れていた。――そうか、その分、一千万から差し引いてやろう。

でも、頭を殴られた代金というのはいくらぐらいなのだろう？

28　もう一人の刑事

「なんという惨状！」

と、添田はため息をついた。「これをどう説明していいものか……」

勝手にしてくれ、と僕は言ってやりたかった。

朝になっていた。

僕の家の中はごった返している。ともかく大倉と、刑事が二人――いや三人も殺されているのだ。

新たに何人もの刑事や警官がやって来て、大騒ぎなのである。

添田は、一応、刑事たちは全部大倉にやられたということにして、その上で大倉が背中を刺して自殺した（！）らしいと語っていた。

「私は責任者として、こちらの池沢さんと早川さんを守らねばなりませんでした」

と、自分は責任逃れをしている。

「いつになったら終るんです？」

僕がうんざりして訊くと、添田は肩をすくめて、

「分りませんね」

と言った。

「あんた刑事でしょ」

「私は誘拐事件を調べに来たので、殺人の担当ではありません」

「お役所的ですね」

「そりゃ役所ですから」

これではどうにもならない。

「――ところで、池沢さん」

と、添田が声をひそめるので、僕は緊張した。

口止め料を値上げしろ、とでも言い出すかと思ったのだ。

「何です？」

「何か食べるものは出ないんですか」

僕は台所へ行った。――相変らず、祐子がまめに働いている。

「今、ピザトーストを焼いてるの。もうすぐできるわ」

と、祐子は言った。「あっちの方はどう？」

「今年一杯には片付くだろ」

と僕はふてくされて言った。

「コーヒーがあるわ。飲んだら？」

「うん、もらうよ」

と、僕はテーブルについた。

祐子がカップにコーヒーを注《つ》いでくれる。

「――あの刑事さん、何か言ってた？」

「腹が減ったってさ」

祐子は笑った。

「あの人は大丈夫よ。単純だもの。お金で口をふさいでおけるわ。それに、こっちをゆすってくるほどの度胸もないし」

「そうだな。——しかし、今日、またあの誘拐犯から、電話があるのかな」

「何時だったのかしら?」

「午後一時って言ってたよ」

「一億円ね。——吉野さんは?」

「まだ来てない。あいつ、ぶん殴ってやりたい!」

「がまんして」

と、祐子が僕の額にキスする。「そのときが来たら……」

「そのとき?」

「機会を待つのよ。吉野さんは、ああ見えても抜け目がないわ。油断しちゃいけないわ」

「うん、分ってる」

「機会をみて、ガン、と——」

僕は祐子を見た。

「殺すのかい?」

「向う次第ね。吉野さんが物分りが良くて、お金で済むのなら……」

「そうだな」

僕自身、正直なところ、死体にはウンザリし始めていたのである。

「心配しないで」

と祐子は言った。「私がやるわ、いざというときには」

「そんなわけにはいかないよ」

「いいのよ。――何もかも、私を愛してくれているからこそ、こんなことになったんですもの」

「うん……」

祐子がやってくれるというのなら、まあ任せておいたほうが良さそうだ。

僕は大体、ややこしいことには向いていない。英雄は、あまり細かいことには手を出さないものなのである。

ナポレオンが、兵士の靴下の穴をつくろってやったという話は聞かない。

ちょっと次元が違う話かもしれないが、まあ深く考えることもあるまい。

「社長！」

ドアが開くより早く、吉野の声が、ドアをぶち抜いて聞こえて来た。

「お前か」

「いかがですか、ご気分は？」

と、入って来て心配そうにこっちを見る。

「大丈夫だよ」

「そうですか。——ところで銀行の方ですが——」

そうか。一億円の残りだ。

「うん、どうしようか」

「銀行に連絡してありますから、行けば用意してあります」

「そうか——しかし面倒だな」

「じゃ、私が参りましょうか」

「そうだな。それじゃ——」

と言いかけてハッとした。

一億円の残り、七千万以上である。そんな金を、吉野の奴に取りに行かせたら……。

「いや、僕が行く!」

と、僕は言った。「何といっても、これは僕の仕事だ」

「分りました」

と吉野は、ちょっと残念そうに言った。

フン、ざまあみろ!

「社長さん」

と、祐子が言った。「お疲れでしょう。吉野さんに行っていただいたら?」

「え？　しかし――」

「それに、ゆうべの事件のことで、警察の方から、お話があるかもしれませんし」

「うん、でも……」

とためらう僕の方に、祐子は、ちょっとウインクして見せた。

これでは逆らえない。僕はコロリと意見を変えて、

「じゃ、そうするか」

と肯いた。「吉野、ちゃんとしっかり運んで来てくれよ」

「お任せ下さい！」

と吉野は直立不動の姿勢を取った。「この吉野、一命にかえましても――」

「いいから、行ってこいよ。銀行の方へは僕が電話しておく」

「では失礼します」

吉野が出て行くと、僕は祐子の方へ近寄って、

「でも、大丈夫かい？　あんな奴に――」

と言いかけると、ドアが開いて、吉野が顔を出した。

僕はあわてて、祐子から離れた。

「何だ？」

「あの――もし銀行で、ティッシュペーパーやメモ用紙をくれたら、いただいておい

てよろしいでしょうか?」

「ああ、いいよ」

「ありがとうございます!」

吉野は嬉《うれ》しそうに言って、ドアを閉めた。どういう奴なんだ?

「——大丈夫よ」

と、祐子が言った。「これでお金を持って消えれば、吉野さん、自分でやったと白状するようなものだわ。ちゃんと持って帰って来るわよ」

「そうか。——それなら、いいけど」

「心配ないわ。任せといて」

祐子にそう言われると、正に大船に乗った気分である。

——それから一時間ほどは、平和な時間が続いた。

添田はピザトーストを黙々と食べていたし、他の刑事たちはそれどころではなく、忙しく働いている。

「いや、満腹です!」

と、添田がフウッと息を吐き出した。「これで何かデザートがあれば——」

図々しい奴だ、全く。

「何か分りまして?」

「地下室がどうして水びたしになっているんですか?」

そうか！　あのまま放っておいたんだ！

「いや――それは――」

と添田もぐっと詰った。「この家は、地下をプールにしてあるんだ」

勝手なことを言ってる！

僕は黙っていたが、上田刑事は、ただ、

「そうですか」

と言っただけだった。

この刑事は、添田より少し若いが、なかなか切れそうである。

「ところで、奥様が大変ですね」

と上田が言った。

誘拐のことだと分るのに、少しかかった。

「え、ええ。どうも――」

「身代金の支払いは?」

「一応、一時に電話がかかることになっています」

「そうですか。まず奥さんが無事に戻るのが第一ですね」

「はあ」

「おい、上田君」

添田が仏頂面になって、「そっちは僕の事件だよ」

と文句をつける。

「分ってますよ」

上田はニヤリとして、「しかし、何か関係があるかもしれません」

「そんなことはないさ」

「どうですかね」

上田は、ちょっと謎めいたことを言って、あっちへ行ってしまった。

「全く、人の仕事に口を出しおって!」

添田はブツブツ言っているが、あの上田という刑事、どうも何か感付いているようだ。

「——もうすぐ一時ですよ」

と、一人の刑事が言った。

「分っとる!」

添田が怒鳴った。

僕は地下室の方へと歩いていった。いくら何でも、地下室には排水口はない。

あの水をどうしよう? 蒸発するのを待っていては、いつまでかかるか分らない。

ドライヤーでも持って来て乾かすか？　それでもあまり変らないかもしれない。

あの大倉も、全く、面倒なことをしてくれたものだ。

僕は地下への階段に腰をおろして、ぼんやりしていた。

何だか忙しくって疲れたな。――そう思っている内に、いつしかウトウトと居眠りしていたらしい。

「池沢さん、電話です！」

と耳元で怒鳴られて、僕は仰天した。

その弾みに、足を踏み外し、階段を転落。もののみごとに、水の中へと突っ込んでしまったのである。

29　犯人は発狂した？

自宅で泳ぐというのは、かなり優雅な趣味の一つに数えてもいいだろう。

それは、「泳ぐ場所」が自宅にある――つまり、家にプールがあることを意味しているからである。

しかし、このとき、僕が泳いでいたのは、水びたしになった地下室であった。どう見ても、優雅とはほど遠い状況である。

「――大丈夫ですか？」

刑事にやっと引っ張り上げられて、僕はハアハアと喘《あえ》いでいた。いきなり水の中へ突っ込んだので、たらふく水を飲んでしまった。

砂漠で水を求めてさまよってでもいたのなら、水も旨《うま》いだろうが、こんな所で水を飲んでも、ちっとも旨くない。

「大丈夫ですか？」

と刑事がしつこく訊く。

返事もできないくらいなのに、大丈夫なわけがあるか！

どうも日本の警官には、思いやりの心に欠けた奴が多いらしい。

そこへ、「ミスター・思いやりのなさ」が走って来た。もちろん添田のことだ。

「池沢さん、何してるんです！」

と、いやな声で怒鳴る。

「いえ、声をかけたら、びっくりして、水に落ちてしまって――」

と、もう一人の刑事が説明すると、

「そんな呑気なことをしている場合ではないですよ」

と、添田は僕の肩をつかんで、ぐらぐら揺さぶった。「電話ですよ！　誘拐犯から、電話なんですよ！」

こいつ！　僕を殺そうってのか……。

ずぶ濡れの人間を、電話へ引っ張って行こうというのだ。これこそ正に非人道的な行為という他はない。

「ちょっと——待ってくれ」

僕はやっとの思いで言った。「水を飲んじまって——苦しくて——」

だが、添田は冷酷にも、

「相手は待ってるんですよ。奥さんが殺されてもいいんですか？」

と僕を脅迫したのだ。

僕は仕方なく、よろけつつ立ち上った。添田は、腕をぐいとつかんで、

「さあ、早く早く」

と引っ張って行く。

危うく転びそうになりながら、僕は、やっとの思いで歩いていた。

居間へ入ると、みんな静まり返っている。僕の、ひどい様子を見ても、みんな平然としている。——世の中から、同情という心は失われてしまったのだろうか？

だが、もちろん祐子だけは違っていた。

僕を一目見ると、目を丸くして、駆け寄って来た。

「その様子——」

と言いかけるのを僕は抑えて、

「大丈夫。ちょっと転んだだけだよ」

笑顔すら見せた。

男というものは、決して弱音を吐いてはいけないのだ。

「さあ早く」

と、添田は非情にせき立てる。

僕はここに至って、一種の英雄的心情にまで高められた。

なんて、あんまり大袈裟《おおげさ》に言うこともないが、ここは、濡れたままでいる寒さも、不快さも、じっと堪え忍んで、電話に出ることにしたのである。

「早くして。向うが切ってしまうと困りますから」

添田が受話器を僕の方へ差し出した。

僕は、エヘンと一つ咳払《せきばら》いをすると、受話器を受け取った。別に、もったいぶっているわけではないのだが、何しろ水を飲んでいるので、まともに声が出ないのだ。

「もしもし」

できるだけ落ち着き払った声で僕は言った。現在の状況からいうと、実に堂々たる声だった。

「池沢だけど」

「もしもし」

と、相手は言った。

「池沢だ」

「いつまで待たせるんだ」

と、文句を言われて、僕はムッとした。

こっちの事情もちっとは考えろ！　といっても無理な注文かもしれないが。

「まあいいや」

と、相手は続けて言った。「いつになったら届くんだ？」

「届くって……まだ場所も聞いてないじゃないか」

と僕は言い返した。

「何だと？　さっきから何度も電話して言ってるじゃないか」

「さっきから？」

「ともかく、天丼《てんどん》を三つ出前するのに、一時間もかかるソバ屋なんて聞いたこともないぞ」

「待ってくれ。――どこへかけてるんだ？」

「何だって？　そこは池田屋だろ？」

「うちは池沢だ」

「え？――ああ、間違えた。失礼」

電話は切れた。

このとき、僕が添田を殺さなかったのは、正に英雄的行動と誉《ほ》められて良かったと思う。美奈子を殺した罪を相殺してもらって、まだおつりが来るんじゃないかと思うくらいである。

――正直なところ、怒りが沸《わ》き上って来るまでに少々時間がかかった。そこへ、すかさず添田がやって来て、

「いや、ちょうど一時だったし、声も似てましたからね。あれじゃ間違えるのも無理はない。責めては可哀《かわい》そうというものです」

誰のセリフだ！――僕は呆れて添田を見守っていた。

そこへ吉野が戻って来た。

「社長！　間違いなく七千万円、引き出して来ました」

と敬礼でもせんばかりである。

「ああ、ご苦労」

寛大な気持になっていた僕は、ねぎらいの言葉さえ、かけてやったのである。

「全く銀行って所は勝手ですね。預けるときはニコニコしてるのに、引き出すとなると、たったポケットティッシュ三つしかよこさないんですよ」

と、吉野は言った。

「ともかく、まだ電話はかかって来ないよ。金は一応金庫へしまっておこう」

「社長さん」

と、祐子が声をかけて来た。「服をおかえになった方がよろしいですよ」

祐子の優しい心づかいが、冷え切った僕の心を暖めた。

「そうだね。そうしよう。君、その金の入った鞄《かばん》を持って来てくれる？」

「はい」

祐子は嬉しいほど従順だ。

僕は添田の方へ向いて、

「今度電話が鳴ったら、相手を確かめてから僕を呼んで下さい」

と言ってやった。

僕の、せめてもの仕返しである。

「七千万ね。――大金だわ」

寝室に入ると、祐子はドアを閉めて、言った。

「全くだ。くれてやるなんて惜しいな」

「大丈夫よ。きっとうまく行くわ」

祐子は、僕に軽くキスをした。「さあ、早く着替えて。そうしないと風邪ひくわ」

僕は、下着やシャツ、ズボンなどを出して来た。

「あと、靴下と、それに……。でも、ねえ」

「何だい？」

僕は濡れた服を脱ぎながら訊いた。

「体が濡れたままじゃ、新しい服を着ても何にもならないわ。熱いシャワーを浴びて来たら？」

「そうだね」

僕は、祐子の言葉に、一も二もなく三もなく、同意したのだった。

「さあ、脱いで。——よく暖まった方がいいわ」

「でも——」

と僕はふと思いついて、「もし風呂《ふろ》に入ってる間に電話がかかって来たら？」

「そしたら、呼んであげるわよ。急いで出て来れば間に合うわ」

「そうだね」

僕は、安心して浴室へと入った。浴槽にたっぷりとお湯を入れ、ゆったりと体を浸す。——確かに祐子の言う通り、よく暖まるのが何よりである。

「どう？」

「うん」

と、浴室のドアから祐子が顔を出す。

「いい気分だよ。君もどう？」

「馬鹿言わないで」

と祐子は笑った。「いくら何でも、のんびりし過ぎてもまずいわよ」

「分った。今出るよ」

と、僕は肯いた。

「――ほらバスタオル」

「ありがとう。いや、やっと生き返った」

僕は服を着ると、鏡の前で髪をとかした。悲劇の主人公というやつは、常に女性の心に、ひきつけを起こす――いや、女性の心をひきつける。

だから、決して、見っともない格好はできないのである。

「電話がかかって来なくて良かったな」

と僕は言った。

「きっと、向うも気をきかせて待っていたのよ」

「そうかもしれないな」

と、僕は笑った。「さて、これでいい、と――」

すると、そこへドアをノックする音。

「はい」

と、祐子がドアを開けると、刑事が立っていた。

「誘拐犯から電話です」

正に絶妙のタイミングである！

「今度は確かなんでしょうね？」

「大丈夫です。添田さんが何度も念を押していました」

僕は、吹き出したくなるのをこらえていた。電話した奴は、さぞかしびっくりしているだろう。

僕は下へおりて行った。

受話器を取って、

「池沢だけど」

と言うと、

「おい！ 一体どうなってるんだ？」

と、不機嫌な声が飛び出して来た。「さっき出たのはデカか？ 『本当に誘拐犯さんですか？』と、十回も訊いてやがった！」

「まあ、ちょっと事情があったんだ」

「何だか知らねえが、金の方はどうなんだ、ええ？」

「うん、仕度できてる」

「一億か」

「うん」

「さすがだな」

と、向うも多少機嫌を直したらしい。

「で、どうやって渡せばいいんだい？」

「ああ、それなら心配いらねえ」

と、相手は呑気である。

「心配いらないって言われても……」

「こっちから取りに行くよ」

「――何だって？」

僕は、やや間を置いて、訊き返した。

「取りに行くから、そっちへ置いといてくれ」

「取りに――来るの？　ここへ？」

「そうさ。そうだな。夕方までには行けると思うぜ」

「あ、そう」

何だか、どこかの偉い人の口ぐせみたいだが、この場合、他にセリフが出て来なかったのだ。

向うだって、この家に刑事がいることぐらい、分っているはずだ。そこへノコノコやって来れば、当然捕まる。

こんな理屈は僕だって分る。――いや、僕が分るのは当然だが、添田にしたって分るかもしれない。

僕としては、向うに忠告してやりたかったが、どう考えてもそれはおかしいので、一応やめておくことにした。

「じゃ、それまで一億円はきちんと保管しておいてくれよ」

と、相手は、とぼけているのかどうか、至って真面目《まじめ》な口調で言っている。

「ご心配なく」

と、僕は、あたかも銀行員の如《ごと》き口調でそう言って、電話に向って、頭を下げていたのである。

「いや、めでたい！」

添田はもう有頂天だった。「向うからやって来てくれるというのだから、こんな楽な話はない！」

全くこの刑事も変っている。

もう、僕が美奈子を殺したことも分っているんだから、美奈子の誘拐という事件が、もともとでたらめな話だと知っているはずなのに、一向に気にしていない様子なのだ。

「いや、添田さん」

と、言い出したのは、新しくやって来た上田という刑事だった。「喜ぶのは早すぎますよ」

「何だ、また君か」

どうやら添田は、この上田に反感を持っているようで、しかもそれを隠そうともしないのである。

「私の担当ではありませんから、余計なことかもしれませんが――」

「余計だよ」

「しかし、聞いて下さい」

と、上田の方も粘っている。「向うが強気なのは人質がいるからです」

「そりゃ分っとる！」

「たとえ、犯人が、のんびりと手ぶらでやって来たとしても、逮捕できますか？」

「君は――君は――」

添田は一人でカッカして、言葉が出て来ないようだ。

「いや、捕まえるのは簡単でしょう」

上田は冷静に話を進める。「しかし、もし無事に帰さなければ、人質を殺す、と言われたら? まず人質の命が大事でしょう」

「それぐらい分っとる!」

「じゃ、帰してやるしかないじゃありませんか」

「そのときは——」

と、言いかけて、添田はグッと詰った。

何を言うか、考えていないのだ。下手な作家の小説みたいに、行き当りばったりでやっているから、時として、にっちもさっちもいかなくなってしまうのだ!

「どうします?」

上田にたたみ込まれるように訊かれて、添田は、

「うむ——私が、札束に化けて行く」

と、落語みたいなことを言い出した。

30　そして寝室にて……

「妙な話だね」

僕は首をかしげた。

「そうね。――油断ならないわ」

「そうだ」

と肯《うなず》いてから、「どうして?」

と訊《き》く。

「相手は馬鹿じゃないわ。だから、あえて、こっちの手の中へやって来るっていうのは、何か目的があるのよ」

祐子は言った。

ここは再び僕の寝室。――といって、妙な誤解は無用である。

いくら僕でも、真昼間から、祐子とベッドへ入るようなはしたない真似《まね》は――たまにしかしない。

ともかく、今は彼女と現状の分析に取りかかっていたのである。

「しかし、たとえば向うが、人質をかかえているから平気だと思って来るんだとしたら……」

「そんなことありえないわ。だって、もし逮捕されなくても、顔を見られるし、それに、尾行される危険だってあるわけでしょう?」

「それはそうだね」

「そんな危険を、好んで冒すのは、まともじゃないわ。――何か考えがあるのよ」

「吉野の奴《やつ》にでも訊いてみるか」

と、僕はベッドにゴロリと横になった。

突然、祐子は僕の上にかぶさって来ると、キスしてくれた。

あわてて抱きしめようとしたときには、もう祐子は立ち上っている。

「一体どうしたの？」

僕は起き上って訊いた。

「あなたの一言で分ったのよ」

「へえ」

僕はさっぱり分らない。

「吉野さんよ！　あの人が、金を盗むつもりなんだわ。でも、みんなは、外から来る者しか、用心していない」

「なるほど」

と僕は指を鳴らした。

「ね？　だから、向うも、そんな風に、わざと、こっちを挑発するようなことを言っているのよ」

「吉野の奴、ふざけたことをやるな、全く！」

と言って、「——あれ？　ところでお金の入ったバッグは？」

「私が、ちゃんと金庫へしまったわ」

「そうか。良かった！　もう盗まれたかと思ったよ」

「大丈夫よ」

祐子は笑って、僕にキスした。「ここは一つ、この機会を利用しましょうよ」

「利用？　どういう風に？」

「これまでは、いつも向うに出しぬかれて来たわ。でも今度は、こっちがあっちの手を読んでるのよ」

「ふむ」

よく分らないが、ともかく分ったような顔で肯く。

「だから、金庫を見張るの。――吉野さんが、やって来たところを押えるのよ」

「そして――どうする？」

「それは話し合いね。こっちもあっちの弱味を握ってるけど、こっちもあんまり強い立場じゃないわ」

「それはそうだ」

「だから、吉野さんが、一体何を狙《ねら》っているのか。そして、仲間は一体誰《だれ》なのか。白状させるのよ。――その結果では、お互い、少しずつ損をしても仕方ないわ」

「なるほど」

彼女の話は、何となく良く分った(?)。

ともかく、差し当りの問題は、どうやって金庫を見張るかということだった。

金庫は、この寝室の棚の中にある。

「吉野の奴、いつ頃《ごろ》、ここへ来るつもりかな」

「さあ。ともかく、みんなの注意を、何かにそらすと思うわ。その間に、ここへやって来るつもりよ」

「ふーん。注意をそらす、か……」

「どうやるつもりか、それは分らないけどね——」

と、祐子は言った。

「君にも分らないことがあると分ると、安心するよ」

「あら、それは皮肉?」

と、祐子が、可愛《かわい》い目で僕をにらんだ。

「悪いことを言ったかな」

「言ったわ」

「じゃ、謝るよ」

「お詫《わ》びにキスして」

こういうお詫びなら、いくらでもしたい、と思った……。

「犯人は、どういう風にやって来るか、分りません」

添田は、少し異常なほど張り切っている様子だ。

「じゃ、どうするんです？」

と僕は一応訊いてやった。

ともかく、誰かがそう訊かないと、怒り出しそうな様子なのだ。

「ともかく、総《すべ》ての人間を疑え、ですよ」

と、添田はニヤリと笑った。「任せて下さい」

この男に任せると、ろくなことにはならない。それはよく分っているのだが、これでも一応刑事だから、好きなようにさせておく他はないのである。

「じゃ、非常線でも張って――」

と僕が言いかけると、添田は急にむつかしい顔になって、

「それは極秘事項です！」

と言った。

大した極秘じゃないことぐらい分り切っているのだが。――それよりも、僕と祐子の作戦の方が、よほど極秘を要する。

「さて、それでは――」

と添田は、部下の刑事たちを集めると、僕の方へ、

「民間人は出て下さい」

と手を振った。

これには頭へ来た。自分をよほどのＶＩＰだと思っているらしい。

大体、ここは僕の家だぞ！

僕は仕方なく、台所へ行った。

「あら、どうしたの？」

祐子が、相変らず、優雅に立ち働いている。

「いや、君に会いたくなってね」

と僕は言った。「久しぶりじゃないか」

「さっき上でキスしたばっかりよ」

「もう十五分もたってる」

と、彼女の腰に手を回すと、

「だめよ、今は」

と、身をよじる。

その動きが、また色っぽくて可愛いのである。

「ね、ともかく、そろそろ金庫の方に気を付けないと」

「ああ、分ってるよ。じゃ、僕は上に行ってるからね」

「そうね。じゃ、私も後から行くわ」

「早く来てくれよ」

と、台所を出ようとする。

「待って。――おやつにケーキを作ったの。食べていく？」

「そうかい？　じゃ、一つ……」

「遠慮しないで。そこに紅茶もあるわ」

「それじゃ、もらうよ」

「私、刑事さんたちへ出して来るわ」

「あんな奴らに食わせることないよ」

「落ち着いて。大人になるのよ」

大人になる、か。――そうだ。いや、全くだ。本当に事実だ。

何を言ってるのか、自分でも分らなくなって来た。

しかし、僕には多少頼りないところがある。それは否定できない。

この事件をきっかけに、大きく人間的成長をとげたが、それでも、まだ不充分なところはある。

そうだ。――祐子を妻にしようとするからには、それにふさわしい男でなくてはならない。

僕はケーキをじっと見つめ、紅茶のカップをじっと見つめた。――そして食べた。

だが、急いで食べ、かつ飲んだ。あっという間に、おやつは終った。

そうだ。早く金庫の所へ行っていなくては。――もし、みんなが祐子のケーキに気を取られている間に吉野が金庫へ手を出していたら。

こうしちゃいられない！

僕は、あわてて台所を飛び出したのである。――チラッと途中で居間を覗《のぞ》くと、祐子のケーキを、添田たちが奪い合っている、醜い光景が目に入った。

何が民間人は外へ、だ。美女は別、というつもりなのか。

僕は二階の寝室へ上った。

どこへ隠れていようか？――しかし、その問題には、それほど長く悩まずに済んだ。

ともかく、戸棚が沢山あるのだ。その一つを適当に開けて、中へ入る。

誰か入って来れば音で分るだろう。

ケーキのせいか、少々眠くなって来る。しかし、今、ここで眠るわけにはいかない。

頑張らなくては！

僕は、頭を振って、必死で眠気と闘っていた。

そこへ――誰かが入って来たのだ！

少し眠気もさめて、僕は耳を澄ました。

「——まだ来てないかな」

吉野の声だ！

僕はゾクゾクして来た。見ろ！　みごとにひっかかったぞ。

「じゃ、僕もどこかへ隠れよう」

どうやら、吉野は一人ではないらしい。

そうでないと、やたら大きな独り言ということになってしまう。

「その棚あたりかな。——でも大丈夫かなあ、本当に？」

吉野の奴、誰と話をしているんだろう？

「じゃ、そこにいるよ。でも——」

と吉野は、ためらっているようで、「何だか落ち着かないよ。一応、戸棚全部、調べた方がいいんじゃないか？」

僕はギョッとした。しかし、もう一人の方が首を振ったらしい。

「そうかなあ。でももし、どこかにいたら……」

もう一人が笑った。

「笑った」ということは、声を出した、ということだ。

そして当然、その声は僕の耳に入って来た。だが——僕の耳がその声を受け付けてから、その声が脳へ達するまで、しばし時間がかかった。

まるで役所並みののろさだが、それも仕方ない。

その声は、紛れもなく、祐子のものだったからだ。

「大丈夫よ」

祐子の声が言った。「あの人はまだ台所でケーキを食べてるわ。ともかく、意地汚い人なんだから」

「金持なのに」

「そんなものよ」

と祐子は言った。「あの人といると疲れちゃう。——さ、入って。私、もう少しあの人を下へ引きとめておくから」

「じゃ、合図してくれるんだね」

「もちろんよ」

祐子は、そう言って、「私が信用できないの？」

——この後、「祐子の声の女」と、吉野はキスをしたらしかった。

「——さ、早く入って。いよいよ大詰めですからね」

「ああ。うまくやるよ」

「私たちの未来がかかってるのよ」

祐子は、チュッとまたキスをして、戸棚へ吉野を押し込んだらしい。出て行く物音がした。

そして、寝室は静かになった……。

あれは祐子だったのか？　本当に？

そして、「あの人」と言っていたのは——僕のことか？

僕は戸棚の中で、眠いのも忘れて、ボンヤリと突っ立っていた……。

31　わ　な

ええ、世の中には、色々と解釈というものがございまして……。

いや、別に落語をやる気じゃなかったのだった！

もちろん、現実というものは単純ではない。きちんと割り切れるわけでないことは、僕とて承知しているのだ。何しろ、この数日間で、豊富な人生経験をして来たので、人生経験が豊富になったのである。

何を言ってるんだ？

ともかく、吉野と話をしていた女が、祐子でないという可能性だって——あるだろうか？

しかし僕は祐子の声なら、はっきり憶《おぼ》えているのだ。そりゃそうだろう。何度もベッドを共にしていて、それでも声一つ聞き分けられなかったら大変だ。

その限りで言えば、今、吉野としゃべっていたのは祐子に違いない。

もちろん、百パーセント間違いない、というわけではない。人生に百パーセントということはないのだから。

広い世間を捜せば、祐子とそっくりの声の女だって見付かるだろう。

しかし、その別の女が、この家の中にいて、吉野と話をしているという可能性はほとんど――いや、全く、ない。

すると、やはりあれは祐子だったのか。

そう、祐子だったのだ。そうとしか考えられない。

理論的に話を進めよう。――あれが祐子と吉野だったとすると、二人の話の中身はどうなる?

問題の部分は次のようだ。

㈠「あの人」とは誰を指すか?

㈡「私たちの未来」の「私たち」とは誰のことか?

この二点である。

㈠から考えてみよう。「あの人」について、二人は、「意地汚い」「金持」だと言っている。

これは問題だ「意地汚い」人間というのはいくらでもいるが、「金持」は、そうざらにいない。

たとえば、添田は意地汚いが、金持ではない。——ここの家の人間——つまり、今、ここにいる人間の中で、「金持」といえるのは——ちょっと自慢するようでいやだが——僕以外に考えられないのだ。

では僕が「意地汚」くて「一緒にいると疲れる」男なのか？　断じて否である！

否！　否！　否！……（以下略）

まあしかし、これはある程度主観の問題だから、きめつけるわけにいかないのだ。

一応、「あの人」を僕のこととしておこう。甚だ心外ではある、と一応申し添えておく。

次に㈡の点だが、祐子が、

「私たちの未来」

というとき、その「私たち」は、「私」と僕の二人のことに違いない。

しかし、どうして祐子が僕との未来のために、吉野にキスしているんだ？

これはおかしい。実におかしな話だ。

そこで考えに入れる必要があるのは、祐子は、僕が戸棚の中にいるとは思っていないということである。

それは祐子の、

「あの人は台所でケーキを食べてるわ」

でも分る。

つまり——「私たち」というのは、祐子と吉野のことなのだ。

「私たちの未来」だって？——祐子と吉野の未来？

どんな未来だろう？　少なくとも、バラ色でないことだけは確かだ！

僕としては、これからどうすべきかは、分っていた。

戸棚の中から出て、下へ行き、祐子を問いつめるのだ。

いや、「問い詰める」というのは強すぎる。訊いてみるのだ。やさしく、やわらかく訊くのだ。

しかし、それには、ここから出なくてはならない。同じ部屋の他の戸棚に他の男が隠れているというのに！

だが、急がなくてはならなかった。祐子も下へ行って僕がいないと分ると、寂しがるだろう。

ここはともかく強引に出て行くという手である。吉野の奴は、まさか、同じ部屋に僕がいるとは思ってもいないだろうから、戸棚の開く音にギョッとしても、誰なのか、入って来たのか行ったのか、分りゃしないだろう。

ここは一か八かやってみることにした。

僕としては一大決心である。

こういうときは、こっそりやると却《かえ》って怪しまれる。一気にパッと出るのがいいのである。

僕は、まるでサーカスの花形の登場のように、格好をつけて、パッと扉を開けたのだった。


「——あら、どこにいたの？」

台所に入って行くと、祐子がいつに変らぬ声で迎えてくれた。

「うん……ちょっとトイレにね」

「食べすぎたんじゃないの？」

祐子はクスクス笑って、「じゃ、コーヒー飲む？」

「ああ……」

と僕は言った。

「どうしたの？　元気ないわね」

「元気出して！　きっと何もかもうまく行くわよ！」

祐子が僕の頬《ほお》にキスしてくれる。

普通なら、これで僕もエネルギー百倍という、鉄腕アトムみたいになっちまうところだが、今度ばかりは、あまり気も晴れなかったのだ……。

「添田は？」

と僕は訊いた。

「何だか、犯人がお金を取りにきたら、罠《わな》にかけるんだと言って、何かやってるみたいよ」

「ふーん」

僕は居間の方へ行ってみることにした。

祐子といるのが辛《つら》いのだ。――これは正に哀《かな》しい気分だった。

「そうだ！　いいか！　合図をしたら一斉に飛びかかるんだぞ！」

と添田が大声で喚いている。

誰に向って、しゃべっているんだろう？　添田の周囲には誰もいないのに。――ついにイカレちまったのか？

いや、それはもともとのはずだ。

「そうかい？」

「チャンスは一度きりだ！　分るか！」

と、添田は、まるで高校野球の選手宣誓みたいに、手を高々と上げて、声を張り上げた。

こっちへ背中を向けているので、僕が居間へ入ったのも気付かない様子だ。

「添田さん――」

と僕は、そばへ行って呼びかけた。

「ワッ！」

添田は、こっちがびっくりするような声を上げて、飛び上った。「な、何ごとですか！」

「いや、僕は――」

と言いかけたとき、部屋のあちこちに隠れていた刑事たちが、

「ウォーッ！」

と、猛獣の如き叫びと共に、一斉に襲いかかって来た。

「やめろ！　今のは違う！」

という添田の叫びは、たちまち、刑事たちの折り重なる体重の下に消えてしまったのである。

いや、そんな呑気《のんき》なことを言っている場合ではない。

僕まで、数人の刑事にのしかかられて、アッという間もなく、床につぶされてしまったのだ。

死ぬかと思った。——いや、死んだのかとさえ思った。

しかし、死んだとしたら、思うこともないだろうから、やはり死ななかったのだった。

当り前だ！　こんなことで死んじゃやりきれない！

「どいてくれ！——どいて——」

必死で、押しのけ、かきわけ、這《は》いずり出す。

「違うぞ」

「人違いだ」

と、刑事たちが口々に言っている。

「当り前だろうが！」

添田が、真っ赤になって怒鳴っていた。「お前ら、どこに目をつけてるんだ！」

だが、怒鳴られても、刑事たちは、一向にシュンとなるでもなく、ニヤニヤ笑っているのまでいる！

こいつは、どうやら、分っていて、わざと添田をせんべいにしてやろうとしたのではないか、と僕は思った。

こっちがとばっちりではかなわない。

「——ああ、びっくりした」

と僕は体を少し動かしてみた。大丈夫。何とか手足は無事に動いているし、頭もちゃんとしている。

「どうです?」

と添田が言った。

「どうって?」

「この態勢で、金を受け取りに来た犯人を押えるのです」

一体、この刑事は何を考えているんだろう?

好きにしてくれと言いたいのを、ぐっとこらえた。

もう、一億円なんかどうでもいい。——いや、良くはないが、どうでもいいと言ってもいい気分である。

祐子が吉野と組んでいたとは!

それこそが悲劇でなくして何だろう?

いくら僕が祐子を愛しているからといって、ああまで、目の前ではっきりと、「意地汚い」などと言われては、僕も男だ。怒ったぞ!

もっとも、僕が怒ったところで、どうということもあるまいが。——いや、そんなことはない！

少なくとも今は、僕の方が祐子より有利な立場にいるのだ。つまり僕は祐子が僕を騙《だま》しているることを知っているが、祐子の方では僕が騙されていることを知っていることを知らない。ああ、ややこしい。

ともかく、ここは僕の方が有利なのだ。それだけははっきりしている。

「でも、そんなことをしても、犯人は金を持ち出すかもしれませんよ」

と僕は添田に言った。

「そんな馬鹿な！　どんな方法があるというんです？」

「分りゃ苦労はしませんよ」

「そりゃそうですな」

添田は少し声を低くして、「あの脅迫電話はしかし、誰からでしょう？」

「分りませんよ、そんなこと」

「本当ですか？——しかし、あなたの奥さんはあなたに殺されたんでしょう？　それなのになぜ誘拐されたんです？」

「そんな大きな声で——」

と僕はあわてて言った。

「失礼。——なに、大丈夫ですよ」

そっちは大丈夫でも、こっちは大丈夫じゃない！

「それが分らないから、むずかしいんじゃありませんか」

「犯人は奥さんが殺されたことを知ってるのかもしれませんな」

「たぶんね」

「それで、あなたを脅迫するのに、間接的な方法を取った」

「でも、どうしてでしょう？」

「それが好きなんでしょ」

この刑事は、必然性というものを全く重んじない人物なのである。

「社長さん」

と、声がして、祐子が台所で僕を手招きしている。

行ってやるもんか、とも思ったが、裏切られたからといってすぐに足の裏を返したように——いやてのひらを返したように態度を変えるのは、大人のすることではない。

「何だい？」

と、僕はいつもの優しい笑顔で、台所へ入って行った。

「良かったわ。私ね、吉野さんを二階に置いて来たのよ」

「吉野を？」

知っていながら、知らんぷりをするのも、悪くない。「しかし、どうしてだい？」

「しっかりしてよ！　吉野さんにお金を盗ませるためじゃないの」

「ははあ……。吉野は何だって？」

「ブツブツ言ってたわ」

こっちもだよ、と僕は心の中で呟《つぶや》いた。「だけど大丈夫。ちゃんとこっちの狙い通りになるわよ」

「君の狙い通りじゃないのかい？」

「あら、だって、私とあなたは同じ狙いに決ってるでしょ？」

「そうだね……」

「本当に何だか変よ」

と、祐子は言った。

「何ともないよ」

と、僕は英雄的努力で答えた。

「ただね……」

と、祐子は言った。「気がひけるの」

「どうしてさ」

答える代りに、祐子はいきなり僕に抱きついた。これにはびっくりした。

「私――吉野さんと調子を合せるために心にもないことを言ってしまって、後悔しているの」

と祐子は言い出したのである。

32　消えた鞄《かばん》

「心にもないこと、って……どういう？」

「たとえば、あなたは凄《すご》いケチだとか、意地汚いとかね」

「君は本当に――」

「やめてよ。吉野さんの仮面をはぐのには、それしかないのよ」

「うん。でも……」

「ねえ、許してくれる？」

僕は訴えかけてくる祐子の目をじっと見つめた。――この目が嘘《うそ》をつくはずがない！

そりゃあ、嘘をつくのは普通、口だから。目だけじゃ分らないが、その汚れのない、澄んだ眼は、やはり真実に溢《あふ》れているのだ。

僕は力強く、祐子を抱きしめた。

ああ、やはり祐子は祐子だ！

ここで、オペラだと「愛の二重唱」が始まるところだ。

しかし、その「調和」の中へ、突如として不協和音が侵入して来た。

「や、こちらでしたか」

と、添田が入って来たのである。「お邪魔でしたかな。フフ」

何ともいやな笑い方をする。

「何ですか？」

「ああ、そうだ。お電話ですよ」

「僕に？」

「ええ」

と添田は肯いて、「例の誘拐犯です」

「どうしてすぐそう言わないんですか！」

「電話代は向う持ちですよ」

変なところで経済観念が発達しているのである。

僕は電話に出た。

「もしもし」

「やあ、度々悪いな」

と、何だか機嫌のいい声である。

「それより何の用だ！」

「お礼を言おうと思ってね」

「礼？」

「ああ　一億円のさ」

僕は面食らった。

「礼ったって、まだ取りに来ないじゃないか！」

「もういただいたぜ」

「何だって？」

「領収書を出そうか」

「ふざけないでくれ。僕は――」

「じゃ、ともかくお礼まで」

「待ってくれよ！――おい！」

僕は受話器をゆっくりと戻した。

「どうしたんですの？」

と、祐子がそばへやって来る。

「金を――受け取ったというんだ！」

「まさか！」

「本当にそう言ったんだよ」

添田も、さすがに少し真面目《まじめ》になっていた。

「確かめてみましょう」

「いいですよ」

僕は先に立って、二階へと上った。

寝室へ入ると、僕はアッと声を上げた。

——金庫！　金庫の扉が開いているのだ！

「そんな馬鹿な！」

僕は金庫に駆け寄った。

あの誘拐犯も嘘つきではなかった。本当に、金の鞄は消えていたのだ。

「いつの間に——」

と、添田はポカンとしている。

あ、そうか、と僕は思った。これは盗まれて当然なのだ。これで、正に吉野が金を持ち逃げしたということが立証されたのである。

見張っていれば良かった、と僕は思った。

しかし、いくら吉野でも、その金をかかえて逃げるのは大変だろう。どこかにいるはずだ。

「──どうなっているんだ?」

添田が頭でも痛そうに、寝室から出て行った。あいつも人間なのだ。

「吉野を見付けたいよ」

と、僕は言った。

「そうね。ともかくその戸棚の中に──」

と、祐子が扉を開く。

そして──祐子が短く悲鳴を上げた。

戸棚の中に吉野はいた。

吉野は座っていた。──何も、そんな窮屈な所に座ってなくたっていいじゃないか、と思ったが、彼としても決して好んでそこに座っていたわけでないことは、一目で分った。

吉野は、ぐるぐる巻きに縛り上げられていたのだ。手も足も頭も。──いや、頭は縛られていなかった。

しかし、猿ぐつわをかまされている。

どうやら気を失っているらしく、ガクンと頭を垂れて動かない。

「どうしたんだろう?」

僕は近寄って、「頭を殴られてるみたいだよ」

と言った。

「殴られて？」

と、祐子が目を見開いた。

「うん。――ほら」

僕は、吉野の後頭部を撫《な》でて、その手を見せてやった。――べっとりと赤く塗《ぬ》れている！

祐子が、大きく口を開けて、

「ああ！　何てことを――」

と叫ぶと、吉野に抱きついた。「しっかりして！　何があったの！」

――僕は、何とも複雑な想いで、その様子を見ていた。

祐子が、初めて、生身の「女」に戻った、一瞬だった。いくら鈍い僕でも、こんな場面を見せられては、祐子の愛しているのが、僕でなく、吉野の奴だと納得せざるを得なかったのである。

「早く――早くお医者を――」

と、祐子は、まるでいつもの彼女とは別人のようにうろたえている。

「落ち着いた方がいいよ」

と、僕は言った。

「だって、死んじゃうかもしれないわ！」

と、祐子は叫ぶように言った。

「静かに。刑事が駆けつけて来ちまうよ」

「構やしないわ！　この人を死なせるわけにはいかないのよ！」

「死にゃしないよ」

「そんなこと、どうして分るの？」

祐子の目は、怒りで燃えるようだった。「あなたは何も分ってないのよ！　あなたなんか何一つ分りゃしない、能なしなんだわ！」

僕は腹も立たなかった。ただ、哀しかったのだ。

いつも冷静で、落ち着き払っている人が、取り乱している光景は、却って見ている方が辛いものである。

「大丈夫」

と僕は言った。「軽く殴っただけだよ」

「あなたが！」

祐子は、顔を真っ赤にして立ち上った。

「ねえ、落ち着いて」

と、僕はあわてて後ずさりした。

僕の方にも、妻を殺したという弱味があるとはいえ、決して祐子に責められるべき立場ではないと思うのだが、そこは僕の生来の気の弱さである。

「軽く殴っただけで、そんなに血だらけになるはずがないでしょう！」

「血じゃないんだよ」

と、僕は手を見せた。「ほら。——よく見て。ケチャップだよ。さっき台所に行ったとき、手についちまったんだ」

祐子はじっと僕の手を見ていたが、やがて、体の力が抜けてしまったようで、よろけながら、床にストンと腰をおろしてしまった。

「——ごめんよ」

と、僕はハンカチを出して、手のケチャップを拭《ぬぐ》った。

すると——祐子が笑い出した。

いや、もちろん、今までだって、祐子は笑っていた。天使のような微笑《ほほえ》みも、娼婦《しょうふ》のような色っぽい笑いもあった。

しかし——この笑いは違っていた。

お腹《なか》の底からおかしそうで、それでいて、どこか哀しいところのある笑いだった。

声を上げてはいたが、決して高笑いではなく、といって自嘲《じちょう》気味の笑いというのとも、違っている。

そんじょそこらの「笑い」の辞典（そんなものあるのかな）にも、出てはいないだろう、という、妙に明るく、それでいて哀しい笑いだったのである。

「——私としたことがね」

笑いがおさまると、祐子は首を振りながら言った。「あなたにこんな頭があるなんて……。思ってもみなかった」

「頭というか——君たちの話を聞いたんだよ」

「そう。やっぱりね」

と、祐子は肯いた。「様子がおかしかったから、そんなことじゃないかと思ってたんだけど」

「君は頭がいいなあ」

と僕は心から感心しながら言った。

「あなたは、そういうことを本気で言ってるのよね」

祐子は、ちょっと苦笑した。——やっぱり可愛《かわい》い！

僕も、床にペタンと座り込んだ。

戸棚の中の吉野と共に、これで三人とも座り込んだわけである。

もちろん座ったからって、特別、事態が変るわけじゃないが。

「さあ」

と、祐子が言った。「これから、どうする？」

「そうだなあ……」

僕は、未来をどうこう考えるというのは苦手である。どっちかというと、過去のことを思い出す方が好きだ。

別に、メランコリックになっているわけではなくて、その方が楽だからなのである。

「ともかく、どういうことだったのか、話してくれないか」

と僕は言った。

「いいわ」

祐子は肩をすくめた。「あんまり色んなことがあり過ぎたわね。どこから話す？

——ともかく、あなたが奥さんを殺した、そこへ私が来合せた。そこから総てが始まったんだわ」

「そうだったね」

何だか、ずいぶん昔のことだったような気がする。「君は——前から、この吉野の奴と？」

「この人も、私にとっては動かす駒《こま》でしかないのよ」

と、祐子は軽い口調で言った。

でも、その言い方には無理があった。強がっているのだ。

「私は、あなたの奥さんの座を狙っていたのよ。最初はね」

「今は？」

「あなたと結婚すれば、そりゃぜいたくはできるでしょうけど、やっぱり窮屈だわ。それもいやだな、と思い始めていたの。――ただ、あなたの身辺のことは色々知っておく必要があった。だから、吉野さんにも近づいていたのよ」

「なるほどね」

「そんなときに、ここへ来て、奥さんが殺されたのを見付けたわ。――私が内心どんなにあわててたか、分る？」

「そう？　そんな風には、全然見えなかったよ」

「でも、あわてたのよ。いくら何でも、あなたが奥さんを殺せるとは思っていなかったけど、それをやってしまったという驚き。それだけじゃないわ。奥さんを殺したりすれば、どうせすぐにばれて捕まるに決ってるってことを、あなたは、まるで分ってなかった」

「そりゃまあ……」

「あなたが殺人犯ってことになったら、私が妻になる夢どころか、恋人でいて、お金をもらうことだって不可能になるわ。で、手っ取り早く、現金を手に入れることを考えたわけ」

「それで、美奈子の誘拐騒ぎをでっち上げることにしたのか」

「そう。あなたのことだもの、きっとすぐ乗って来ると思ったわ」

実際、僕はすぐ乗ってしまったわけである。

「じゃ、吉野の奴には？」

「吉野さんには、あなたが眠っている間に連絡したわ。もちろん私の言う通りにすると言ったけど、そこへ、奥さんのお父さんが亡くなったという知らせが入ったの。

——これこそ、吉野さんがここへやって来るのに絶好のチャンスだったわ」

「知らせが入った？」

「ここへ、ね、あなた、グーグー寝てたわ」

そういわれてみれば、妻の父親が死んで、その知らせが、僕の所へ来ないというのは妙な話だ。

「じゃあ、君は吉野と二人で、身代金をせしめようと計画したんだね」

「そんなところね」

「しかし——あの誘拐犯の電話は？　吉野の声じゃなかったよ」

「あれは、吉野さんが急いで探し出した役者の卵なの。お金次第で、何でもやる、っていうのをたまたま吉野さんが知っていて」

「なるほど、巧《うま》いわけだ」

と僕は肯いた。「じゃ、女の方も?」

「あなたの奥さんに似た声の女性を探してもらったのよ。彼女には、ちょっとした冗談だってことにして、出てもらったわけ」

「そうか……」

「こっちにとって予定外だったのは、あの添田っていう馬鹿みたいな刑事」

「みたいな、じゃない。あいつは馬鹿だよ」

「本当ね」

僕と祐子は一緒に笑った。——ああ、彼女と一緒に笑うってのは、何てすばらしいことなんだろう!

「あの人は、チョロチョロ動いて目ざわりだったわ」

「でも、殺さなかった。——織田刑事みたいにはね」

「織田の場合は仕方なかったわ」

と、祐子は首を振った。「あの人は、少々のお金で我慢してる男じゃない。いつまでもつきまとって来るに決ってるわ。殺すしかなかったのよ」

「なるほどね」

僕はため息をついた。

「もう一つの飛び入りは、大倉よ」

「大倉のことは、君も知らなかったの?」

「ええ。あの人の言う通り、奥さんがあなたを殺すために雇ったのよ」

「そうか……」

改めて、美奈子ってのは、ひどい奴だな、と思った。殺しちまった僕の方はもっとひどいかもしれないが、不思議なのは、祐子のことをひどいとは一向に思わなかったことだ……。

「ところが、やって来て、忍び込んでみると、私とあなたが、奥さんの死体を前にあれこれやってたわけ」

「そんな所から見てたのか!」

すると、大倉の奴、僕と祐子の「個人的対話」も盗み見ていたのか! 失礼な奴だ!

「そこで考えたのね。あなたを殺しても、もう一文にもならない。あなたをゆすって金を出させるか、どうしようかと思って様子を見ていると、私が吉野さんと打ち合せを始めた……」

「それで、君と組もうということになったのか」

「でも、怖かったわ」

と、祐子は言って、首を振った。「あの男、やっぱり異常なところがあったのよ。

それが、話していても感じられたわ」

　祐子は敏感だから、感じたのだろう。

「で、大倉は何をやったんだい？」

「もちろん、死体を運んだのよ」

と、祐子は言った。「最初は大変だったわ。広い家だし、暗いし、あなたに気付かれないように、奥さんの死体と、あの浮浪者の死体を運ぶのに一苦労。とんでもない所へ運んで行って、あわてて隠したり、ね」

「それで死体があちこち動いたんだね」

「奥さんの死体は、ともかく運び出したの。見付かったら大変ですものね。計画は水の泡だわ」

「じゃ、例の車で見られた女っていうのは――」

「そう。マスクをさせて、顔を隠していたのが、奥さんの死体よ」

「見られたとは思わなかったのかな」

「まさか、店の女の子が、そんなによく顔を憶えてるとは思わなかったのよ。あれは誤算だったわね」

　僕は、ちょっと間を置いて、訊いた。

「――美奈子の死体は？」

「どこかに埋めたはずよ。大倉と吉野さんの二人で」

そうか。——僕は、車にもう一人、男が乗っていたことを思い出した。言われなきゃ思い出さないのだから、これでは探偵役はつとまらない。

「——ちょっと待ってくれよ」と僕は言った。「大倉が、添田を人質にして逃げようとしたとき、どうして君が邪魔したんだい?」

「逃げられっこないからよ」

と、祐子は言った。「大倉はカーッとなると、もうどうにもならなくなるの。だから、あのままいったら、きっと、警官たちと撃ち合って、死んじゃってたでしょうね。でも、まだあの男は必要だったの。だから、わざと止めたのよ」

「だけど……」

「大倉なら、簡単に逃げ出せるって分ってたのよ。実際、あの男は逃げ出したわ。ところが……」

祐子は肩をすくめた。「大倉はもう手がつけられなくなってたわ。——私が話しに行っても、まるで受け付けないの」

「あの、君が囮《おとり》になるといって……」

「そう、あのときよ」

「で、どうなったの？」

祐子はため息をついた。

「大倉の奴、私を殴って気絶させたのよ」

「何だって？」

僕は頭へ来て、大倉を殺してやろうと——いや、もう大倉は死んでいるんだった！

それにしても、まだ僕は祐子を愛しているのだ！

この純情はどうだろう！　感動してもらいたいくらいだ。

「その後はあなたの方がよく知ってるでしょ？」

例の水責めだ。

「でも——大倉を殺したのは君だろ？」

「そうよ。何とかして止《や》めさせないと、あなたを殺しちゃうと思ったから。あなたが死んだら、お金も手に入らないし」

僕にとっては、わびしいセリフだった。

「でも、あのあと、池山をどうして殺したんだい？」

「あれは吉野さんなのよ」

「吉野が？」

僕はびっくりして訊き返した。

「表に待たせておいたの。もし、私が殺す前に、大倉が出てくるようなことがあったら撃ってってね。——吉野さん、緊張しすぎて、ともかく、出て来た人を撃っちゃったのね。可哀《かわい》そうなことしたわ」

あのあと殴られた僕も可哀そうだ。

「それで——」

と僕は言った。「これから、どうするんだい？」

33　ハッピー・エンド

「どうしましょうか」

祐子は、のんびりと言った。

「お金は……」

「大体、最初から金庫へ入れなかったの。私がいただいてるのよ」

「なるほど、そうか」

と僕は肯いた。「じゃ、もう君の目的は果したわけだね」

「そうね」

祐子は肯いた。「でも——このままじゃ済まないわ。そうでしょ？」

僕は、ぼんやりと座っていた。

こういうとき、どうすればいいものか、まるで見当がつかないのだ。

何しろ、今までは、総て祐子が考えてくれていた。それを今になって、急に自分で考えろと言われたって……。

それにしても、美奈子一人を殺して終るはずだったのに、何とも凄い事件になってしまったもんだ。

「私をどうする?」

と祐子が訊く。

「さあね」

「私は、あなたが奥さんを殺したことは黙ってるわ。あなたは私が一億円持って、出て行くのに目をつぶる。それで、いかが?」

「それで済むかな」

「済むわよ。あなたの奥さんが誘拐され、身代金は、よく分らない方法で奪われた。でも、奥さんは戻って来なかった。――よくあることだわ」

「その内、見付かるよ」

「構わないじゃないの。誰が埋めたか、なんて分らなくなってるわ」

「なるほどね」

と僕は言った。「吉野は？」

「私は一人よ。いつも、ね。吉野さんにはいい人生勉強になったでしょ」

それは確かだ。

「後は、あの添田って刑事よ。あの人だけ黙らせておけば、私もあなたも、無事でいられるわ」

そうかもしれない。――そうだろうか？

僕は、一億円を惜しいとは思わなかった。

いや、多少思ったが、その悔しさなんて、取るに足りない。

祐子が、そこら辺にいる、他の女とちっとも変らない、ただの女にすぎないということ。――そのことの方が、僕にはたまらなかったのだ。

祐子は僕の天使だったのに、その天使が電卓で、銀行の利子を計算しているのを見るのは、辛かった。

「顔を洗ってくるよ」

僕は立ち上って洗面所へ行った。

少し頭をすっきりさせなくては。――ほんの偶然だった。

引き出しが、少し開いていて、気になった僕は、閉めようとした。――何かが、引っかかっている。

もう一度引き出してみる。

そこには、祐子が織田を刺したナイフが入っていた。忘れていた。僕が、ここへ入れたのだ。

僕はそれを手に取った。

神の導きというか、そんな気持だった。

今、ナイフが僕の目に止ったのは、おそらく、祐子を刺せという神の声だろう。

そうだ。――祐子は永遠に僕の中の、「美しく清らかな祐子」でいなくてはならない。

そのためには、僕は、何もかも投げ捨てても構わないのだ……。

僕は、顔をタオルで拭うと、ナイフを持った手を後ろへ回して、寝室へ戻った。

「――どう？　目が覚めた？」

と、祐子が微笑みながら訊く。

「うん……」

僕は言った。「一つお願いがあるんだけど――」

「なあに？」

「もう一度キスしてくれないか」

「いいわよ」

祐子は、僕の首に両手をかけて、ゆっくりとキスをした。

僕は、ナイフを握った手をそっと彼女の背中へ回して行った……。

「──大変な事件でしたな」

と添田が言った。

「ええ」

と僕は肯いた。

「よく死んだもんだ」

「全くです」

二人の死体に白い布がかけられようとしている。──祐子と、吉野だ。

いや、誤解されては困るので申し添えておくが、僕が二人を殺したわけじゃない。

大体、吉野は最初から気を失っていたふりをしていただけで、縛った縄も、みかけだけのものだった。

僕が、祐子の本心を聞き出すために、ああいう風に見せかけようと吉野に話したのである。

しかし、吉野は、思っていた以上に、祐子に惚《ほ》れていたようだ。

ただ利用しただけだと祐子が話すのを耳にして、カッとなったらしい。僕が祐子を刺すより速く、彼女の後ろから首を絞《し》めようとしたのである。

祐子はもちろん、猛烈に抵抗した。

僕はといえば……公平の原則を守った。

この二人の争いに、どっちの味方もすべきでない、と判断したのだった。

で、当然、祐子の方に、体力上のハンディがある。そこで公平の原則を貫くため、祐子の手に、ナイフを握らせてやったのである。

祐子はそれで吉野の背中を刺した。吉野は最後の力をふり絞って、祐子の首を絞め続けた。

かくて——二人とも死んじまったのである。

「この二人が共謀して、あの大倉を使い、奥さんを誘拐させた、と」

添田はそこまで来て、声を低くし、「表向きはこれでいいでしょうね」

僕は肩をすくめた。

「お好きなように」

添田は笑って、

「いや、あなたは運のいい人だ。あんなことをしておいて、うまく法の手を逃れるとはね！」

運がいい、か。——僕は苦笑した。

僕は恋人を失ったのだ。そのどこが、「運がいい」んだ?

「後の始末は、私に任せて下さい」

と添田は僕の肩をポンと叩《たた》いた。

こっちはあまり喜べない。

「なに、私が、うまくやりますよ。ただし――」

と添田は、けいれんとしか見えないウインクをした。「それなりのお礼は、下さるでしょうな」

「分ってますよ」

と僕は言った。

どうせ、この先、ずっとこの添田という刑事につきまとわれることになるのだろう。

「――よし、運び出せ!」

と、添田が大声で言った。

しばらくすると、家の中はシンと、静まり返った。

後は、美奈子の死体が、いつか、どこかで見付かるかもしれないが、しかし、それで僕が疑われることはあるまい。

何もかも、終ってしまったのだ。

僕は一人、居間に座って、ぼんやりしていた。

美奈子も、祐子もいなくなった。

今になってみると、せめて美奈子がいれば、まだ殺意を抱くという「楽しみ」があったのに、と思う。

人間ってのは、ぜいたくな動物だ。

そうだな。――今度は、あの添田を殺す計画でも立てることにしようか。

相手は能なしでも一応刑事だ。こいつは慎重を要する。

うん、これは当分、時間が潰《つぶ》せそうだ。

気を取り直して、コーヒーを淹《い》れていると、急に、玄関の方が騒がしくなった。

出てみると、刑事の一人が飛び込んで来る。ひどくあわてているのだ。

「どうしました？」

「大変です！　電話を貸して下さい！」

「どうぞ。何があったんです？」

「電話がトラックにぶつかったんです。死傷者が出て――」

電話にそんな力があるとは知らなかった。

「いや、違った」

と刑事は頭を叩いて、「パトカーとトラックが正面衝突で……。ひどいもんです」

「パトカーが？」

と僕は言った。「誰か死んだんですか?」

「添田さんが……。トラックとまともにぶつかって、頭が飛んじまいました」

なるほど、それでは生きていないだろう。変った男だったが、頭なしでは……。

「やれやれ……」

と僕は呟いた。

添田まで勝手に死んじまった。

僕は何て運の悪い男なんだろう!

本書は１９９８年11月徳間文庫として刊行されたものの新装版です。なお、本作品はフィクションであり実在の個人・団体などとは一切関係がありません。

徳間文庫

死体《したい》は眠《ねむ》らない

〈新装版〉

2019年12月15日 初刷

著者 赤《あか》川《がわ》次《じ》郎《ろう》

発行者 平野健一

発行所 株式会社徳間書店

東京都品川区上大崎三―一―一
目黒セントラルスクエア 〒141―8202

電話 編集〇三(五四〇三)四三四九
販売〇四九(二九三)五五二一

振替 〇〇一四〇―〇―四四三九二

印刷 製本 大日本印刷株式会社

ISBN978-4-19-894516-9 (乱丁、落丁本はお取りかえいたします)